楼梯上的女人

Die Frau
auf der Treppe

Bernhard Schlink

〔德〕本哈德·施林克 著
印芝虹 译

南海出版公司

新经典文化股份有限公司
www.readinglife.com
出 品

第一部

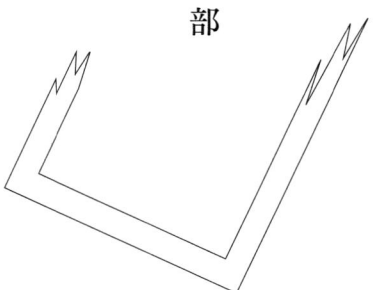

1

也许有一天您会看见这幅画。它消失了很久,如今突然出现——所有博物馆都会想要展出。作者是卡尔·施温德,目前世界上最著名、身价最高的画家之一。他七十岁生日那天,在每一份报纸、每一个电视频道中,我都能看见他的身影,只不过我得盯着他看半天,才能从这位老人身上认出他年轻时的影子。

而那幅画我是一眼就认出了。我踏进美术馆最后一间展厅时,它就挂在那儿,我深深地为之触动,一如当年我走进贡德拉赫宅邸的会客厅,第一次看见它时那样。

一个女人正从楼梯上走下来,右脚迈向低一级台阶,左脚还触碰着上一层,但正要抬起迈出下一步。女人赤裸着,身体苍白，阴毛和头发呈金色，头发在光亮中闪耀。赤裸，苍白，金黄——女人轻盈地走向观者，身后是由模糊的台阶和墙面组成的灰绿色背景。同时，她的长腿、圆润而丰满的臀部和紧致的胸脯又传达出一种感官上的力量。

我慢慢地走向那幅画。我感到狼狈，跟当年一样。我当年感到狼狈，是因为那位白天穿着牛仔裤、短背心和夹克衫，在我办公室坐在我对面的女人，此刻正在画作里赤裸着朝我走来。我现在狼狈，是因为想起了当年发生的事情，想起我当年搅和进去，又紧接着从记忆中驱逐出去的事情。

《楼梯上的女人》，画作旁边的牌子上这样写着，并说明这是一次借展。我找到美术馆负责人，问他是谁把这幅画出借给美术馆的。他说不能透露。我说，我认识画上的女人和画作的主人，并且提示他，这幅画在所有权的问题上有可能会引发争议。他皱起了眉头，但还是坚持说无法透露姓名。

2

回法兰克福的机票是周四下午的。在悉尼的谈判周三上午就结束了，我本来可以把票改签到周三下午，但我想去一趟植物园，在那里度过剩余的时间。

我想在植物园吃个午餐，到草坪上躺一躺，晚上去歌剧院听场《卡门》。我喜欢这个植物园，它南邻歌剧院，北接大教堂，里面有美术馆和音乐学院，从它的山坡上可以眺望海湾。植物园里有棕榈园、玫瑰园和百草园，有池塘、亭台、雕像和生长着许多老树的草地，爷爷奶奶带着孙子孙女，孤身的男男女女带着他们的狗，一群群野餐的人们，一对对情侣，有人读书，有人睡觉。在植物园中心餐馆的走廊上，时间似乎停止了：四下唯有一排排老旧的铁柱、一圈铸铁围栏，挂着狐蝠的树木和立着长喙彩羽鸟的喷泉。

我点了餐，然后给同事打电话。他是这起企业并购案中澳大利亚方面的负责人，我则是德国方面的负责人。我们既是伙伴也是对手，在企业并购业务领域总是如此。我们同龄，且都是尚未被美国人或英国人吞并的最后几家大型律师事务所的资深合伙人，均失去了妻子，互相很合得来。我向他打听为他们取证的侦探机构是哪家，他告诉了我。

"有什么问题需要我们帮忙吗？"

"没有，只是想满足由来已久的好奇心而已。"

我打了这家侦探所的电话，让他们找到这幅在新南威尔士美术馆展出的卡尔·施温德画作的所有者，看看这幅画是不是属于一个叫伊雷妮·贡德拉赫，或者曾用名是伊雷妮·贡德拉赫的人,以及有没有叫这个名字的女人在澳大利亚生活。侦探所的负责人说,得过几天才能告诉我。我提出,如果他第二天早上就能给我答案的话,我会加付一笔酬劳。他笑了。除非他今天能从美术馆得到消息,否则还是会需要几天时间,不管有没有加酬都是这样。他会联系我的。

菜上来了,我要了一瓶葡萄酒佐餐,本来不准备喝完的,结果喝了个一干二净。时不时,树上的狐蝠们会一同醒来,呼啸着从枝叶间飞出,绕着树盘旋,再把自己挂回枝上,重新包进翅膀里。喷泉上的彩鸟不时会发出一声鸣叫。有时则是一个孩子在叫喊,或是一条狗在叫唤,间或也会传来一群日本游客的声音,听起来就像群鸟的叽喳声。有时候又只能听见蝉鸣。

饭后我走到音乐学院下面的山坡上,躺进草丛里,身上还穿着西装——换作平日,我可不敢想象自己过一阵儿会套着皱皱巴巴的、也许还有污渍的上衣四处走动,而此刻,我却一点都不在意。同样,我也无所谓还有什么事会在德国等着我。没有什么事情是我离不开的,也没有什么事情是离不开我的。在所有摊在我面前有待去做的事情里,我都是可以被替代的;唯有那些被我抛在身后已经做过的事情里,我是无可替代的。

3

我本来并不想当律师,而是想做法官。我有法官这一职业所要求的国家考试成绩,知道国家正需要法官,也愿意搬去任何需要我的地方,至于司法部的面试,在我看来只是走个过场而已。那是在一天下午。

人事主管是一位上了年纪的先生,目光和善。"您十七岁高中毕业,二十一岁通过第一轮国家考试,二十三岁通过第二轮——我还从来没见过这么年轻的应聘者,这么优秀的也很罕见。"

我对自己的高分和年轻很自豪,但还是想显得谦虚一些。"我是提前入学的,加上学校学年开始的时间更改了两次,一次从春季改到秋季,后来又从秋季改回春季,让我赢得了两个半年。"

他点头。"两个被赠予的半年。接着又获赠了一个半年,因为您在第一次国家考试之后不用等待,马上就做了见习生。因此您拥有时间上的优势。"

"我不明白……"

"不明白吗?"他和气地看着我,"您看啊,假如您下个月开始工作,接下来四十二年的时间,您都要对他人进行判决。您将坐在高堂之上,其他人坐在下面,您将会听他们说,也会对他们说,偶尔向他们投去一个微笑,但最终您将自上而下地做出裁决,谁占理,谁无理,谁失去自由,谁保有自由。您想这样吗——高高在上长达四十二年之久,您认为这对您好吗?"

我不知道该说什么。是的,我喜欢这个想象:身为法官坐在高堂,公正地与人打交道,公正地对他们进行裁决。为什么就不能这样四十二年呢?

他合上面前的公文夹。"我们当然要您,如果您真的想。但是我今天不会录取您。您下周再来,我的继任者将会录用您。或者您一年半以后再来,在用完了您多出来的时间后。或者再过五年,等您作为律师、法律顾问或侦缉警员,从下至上地对这个法律世界进行过观察之后。"

他站起身,我也站起来,茫然失语。我望着他从衣橱里取出大衣、搭在手臂上,跟他一起走出房间,穿过过道,走下楼梯,最后在司法部的楼前站定。

"您感受到空气中的夏天了吗?再过不久炎热的日子就要来了,还有温和的傍晚和温暖的暴雨。"他微笑道,"上帝与您同在。"

我很生气。他们不想要我?那好,我也不要他们。我做了律师，不是因为听了这位老先生的劝告，而是为了违抗他。我搬到法兰克福，加入了"卡尔兴格和孔策"，一家由五人组成的律师事务所，在做律师的同时完成了博士论文，并在三年后成为合伙人。我是当时法兰克福所有律师事务所中最年轻的合伙人，很为此骄傲。卡尔兴格和孔策是中学和大学时代的朋友，孔策没有妻子和孩子，卡尔兴格的太太是个天性快活的莱茵人，他的孩子与我年龄相仿，事务所里注定有他的一席之地，只是他学习不好，而我曾辅导他通过了国家考试。好在我俩一直相处得不错，如今也是如此。他用社交能力弥补了法学资质的缺陷，如今和我一样成了资深合伙人，争取到了一些重要客户。我们如今拥有十七位初级合伙人，三十八位雇员，对此他也是功不可没的。

4

在最初的几年里，我拿到的是一些卡尔兴格和孔策都不感兴趣的案子。一位画家在完成委托画作，拿了钱之后，现下又跟委托人发生了争执——律所经验丰富的办公室经理直接把案件给了我，问都没问卡尔兴格或孔策。

卡尔·施温德不是一个人来的。他大概三十岁出头，和他同行的还有位女士，二十出头。施温德头发散乱，穿着工装裤，看起来就像一九六八年夏天的嬉皮士；而他身旁的她，从头到脚一丝不苟，二人显得颇为不搭。她举止从容，始终冷静地看着我。当画家发急的时候，她就将手放在他的手臂上。

"他不让我拍照片。"

"您……"

"我的作品集被毁了，有些作品我得重新拍一次。我知道哪些人买了这些画，就给收藏者打电话，他们都让我过去拍。他们都欢迎我去。他却拒绝了。"

"为什么？"

"他不说为什么。我给他打电话，他挂了，我给他写信，他又不回。"他举起双手，又放下，张开手掌，接着又握紧拳头。他的手很大，他的一切都很大，体形、脸庞、眼睛、鼻子、嘴巴。"我离不开我的画。卖掉它们几乎让我无法忍受。"

我向他解释，如若画家有意复制其作品，法律是保护画家接触自己画作的权利的。"也就是说，在画家拥有相关的合法权益，而作品所有者的权益又没有与之冲突的时候，这是可行的。这位所有者回绝您是否有什么其他原因？"

画家扬起下巴，抿紧嘴唇，摇摇头。我向那位女士投去疑问的目光，她微笑着耸耸肩。画家给了我画作所有者的姓名——彼得·贡德拉赫，还有这个人的地址。那住址位置极佳，在陶努斯山坡上。

"您的作品集是怎么毁坏的？并不是说这个问题很关键，但是如果我能解释为什么……"

他又打断了我，我很生气，生自己的气，那时候碰到这种情况我总是对自己不满，因为我没能像自己所希望的那样掌控全局。"我出了一次车祸，"他说，"画集和汽车一起被烧毁了。"

"但愿没……"

"我自己没事，但是伊雷妮被困住了，"他把手放到她的腿上，"她被烧伤了。"

"我对此很遗……"

他挥挥手。"没什么要紧的，早好了。"

5

我给贡德拉赫去了信，他立即回了信。他声称自己被误解了。画家当然可以去他那儿拍摄他的作品。我把这个回复转给施温德，觉得事情已经解决了。

但是一周后施温德又来了，火冒三丈。

"他不让您拍？"

"画有破损。在右腿——我看是他用打火机在上面燎了一下。"

"他？"

"是的，贡德拉赫。他说是不小心。但这并非不小心，而是故意的。我看得出来。"

"那您现在想怎样？"

"我想怎样？"那位女士这次也在场，她把手放到他手臂上。但他依旧高声大嚷："我现在想怎样？那是我的画。我当初不得不卖了它，挂到了他那里，但那还是我的画。我要让它恢复原样。"

"您跟他说要修复那幅画了吗？"

"他不让。他说这点小问题他不在乎，他不让我进他家门，也不让那幅画离开他家。"

我觉得这件事有点荒诞，但面前的两个人都很严肃地看着我，于是我认真地向他们解释，这个情况从法律角度看不那么好办。侵权行为的成立，得要在它危害到原创者的利益时才行，也就是说当受损作品被一个较大的人群看到时，原创者的利益才需要被保护；假如所有者仅在私人领域展示作品，那么他便可以为所欲为。"我可以再给贡德拉赫写信，列出一两条法律依据。但是如果不得不走上法庭，对我们来说前景不妙。这幅画到底画了什么？"

"一个正走下楼梯的女人，"他环顾我的办公室，"是一幅很大的画。您看那扇门，画比它还大一点。"

"是某一位特定的女子吗？"

"她是……"他的声音变得有些挑衅，"她曾经是贡德拉赫的妻子。"

6

贡德拉赫又马上回了信。他说他对再一次产生的误解感到抱歉。他当然同意画家修复画作。艺术家本人来修复被损坏的作品，这样的好事到哪里去找？但他不能让人把画拿出他家，因为那样他就会失去保险公司的保障。只要画家愿意，任何时候都可以去他家里。我又把回复转了过去。

我产生了好奇心，跑到书店询问有没有关于卡尔·施温德的书。法兰克福艺术协会几年前办过一个展览，出版过一个小图册——他们只有这个。我不懂艺术，无法判断那些画的优劣。画上有海浪、天空和云彩，还有树木，颜色很美，所有事物都不太清晰，跟我不戴眼镜看这个世界一样——熟悉，却遥远。图册列出了施温德举办过画展的美术馆和他获得的奖项。看来他不是个失败的艺术家，但也说不上功成名就，也许算得上前途光明。我看着印在图册背面的他，整个人实在太大，跟他身上的西装不协调，跟他坐的椅子不协调，跟图册的背面不协调。

没过一周他又来了，又是和那个女人一起。他的确很高，比他第一次来的时候给我的感觉还要高。我接近一米九，体形瘦长，当时和如今一样保持着良好身材。他不比我高，但健壮、棱角分明，站在他身旁，几乎让我感觉自己很矮小。

"他又干那种事了。"

我预感到发生了什么，但我不会抢在我的委托人前面说出来。"他又干什么了？"

"贡德拉赫又损坏了那幅画。我花了两天处理腿部细节，当我第三天想去收尾的时候，左边胸脯上又出现了一个酸斑。那块颜料销蚀，肿胀，鼓泡——我得刮掉，重新上底色，重新画。"

"他怎么说？"

"他说是我干的。他说在我的物品里找到一个小瓶子，里面的溶剂很臭，跟这个斑点一样臭。他坚持要我赔偿，把画修复好，但不能是我来做。他不信任我了。"施温德六神无主地看着我，"我该怎么办？我不能让别人碰我的画。"

"这个新的脏迹，您也愿意修复吗？"我越来越搞不清该如何看待这件事情了。

"脏迹？那不是什么脏迹。那是左胸！"他伸手去抓坐在他身边那个女人的左胸。

我有些恼怒，但她却笑起来，不害羞，不尴尬，反而开心，嘴角微翘，脸颊上出现了一个小酒窝。她是个金发女郎。我以为会听到一种清脆的笑声。然而她的笑声嘶哑，和她说话的声音一样。她说"卡尔"的时候，语气充满疼爱，像在对一个过于急躁、笨拙的孩子说话。

"我向他提出要把那幅画修复好。我甚至表示，如果有必要，我可以用双倍的价格把画买回来。但他不干。他说他不想再见到我。"

7

这一次我给贡德拉赫打了个电话。他说话态度很友好，表达了歉意。"我不知道他怎么会搞成这样。不过，他为此难过，并且想要把画作恢复到原先那样美，这一点是毫无疑问的。这同样也是我的意愿，没有人能比他修复得更好。我不怪他，也没有对他不再信任。他特别敏感。"他笑道，"跟像您和我这样的人相比，他肯定是敏感的。对艺术家来说，他也许很正常。"

施温德听了既松了口气，同时也很消沉。"但愿一切顺利。"

之后的三个星期，我没有听到他什么消息。三个星期以来他一直在画新的左胸。当他即将完成最后的工作时，那幅画在夜里翻倒了，砸在一张小铁桌上，桌上放着他的笔和颜料，画被撕开了一道口子。

贡德拉赫打电话给我，发火道："先是酸，现在又是这样——他可能是个大艺术家，但是他实在疏忽大意得吓人。我不能强迫他再一次修复这幅画。但我也是有些影响力的，我会让他在修复好之前拿不到任何委托。"

这个威胁其实毫无必要。施温德当天就到律师事务所来了，已经做好准备要修复这幅画，即便这又要花费他几个星期的时间。不过他很绝望。"如果他之后再这么干怎么办？"

"您的意思是……"

"哦，我知道是他干的。您想，一个画家能不把画靠牢在墙上，防止它翻倒吗？当然是他把画掀倒的，那道撕痕是他用刀划的。桌角那么钝,不可能给画布留下这么尖利的撕痕。"他苦笑,"您知道撕痕在哪儿吗?这儿。"这次他没有在旁边再次陪他前来的女人身上比画,而是用手从自己的肚子和裆部划过。

"他为什么要这么做?"

"因为憎恨。他憎恨这幅画,因为画上的是他的妻子,他憎恨他的妻子,因为她离开了他,他恨我。"

"他为什么要恨……"

"他恨你,因为我为了你而离开了他。"她摇了摇头说,"他不恨那幅画。他完全不在意那幅画。他想要报复你,把画毁了就可以报复你。"

"他不来找我算账,反而去毁画?这是什么男人啊?"他气得站了起来,对贡德拉赫充满怒火和蔑视。然后他又坐下来,垂下肩膀。

我尝试着梳理了一下刚才听到的东西。她给画家做了模特,然后跟他跑了?为了年轻人,抛弃了老头?是不是还竭其所能地压榨了一把那老家伙?

不过她不是我的客户,他才是。"不要管他和那幅画了。法律上他不能做什么不利于您的事情,还说什么要利用自己的影响把您怎么样,不必理睬他的威胁。忘掉那幅画吧,即便这让您心痛。或者您再画一幅——希望我这个建议对一位画家来说不会很冒犯。"

"没有冒犯。但是我无法忘掉这幅画。也许……"他安静地坐在那里,神色变了,不再是那种绝望、激愤、轻蔑的样子,而是变得孩子气起来。这个脸大手大的大个子男人一脸信任地看着我们。"要知道,也许腿上那处的确是个意外。当贡德拉赫看到这块瑕疵时,他开始不再喜欢这个受损的作品。然后他想,画毁了,回忆就能远离他,没有这些回忆他能活得轻松一些。所以他继续毁坏这幅画。但是,等到他看见这幅画又美丽如初了,他就会再次爱上它。"

"我不认为贡德拉赫是一个会受艺术引诱的人。"我把询问的目光投向她,但她不说话,不点头,不摇头,而是惊讶地、充满爱意地看着他,似乎被他孩子般的性情所感染。我于是再一次尝试说服他。"您这是自投罗网。贡德拉赫会一次又一次地破坏这幅画。您将无法再回到您自己的事业中。"

他悲伤地看着我。"我最近半年一幅画也没有完成。"

8

为了修复这幅画,他预计需要干一到两个月,我很确信之后他还会出现在我的办公室里。然而夏天过去了,他没来。十月我承接了一个大案子,不再念及他的事了。

直到有一天早上办公室经理说,伊雷妮·贡德拉赫要见我。她身着衬衫、夹克和牛仔裤,我第一眼的反应是她怎么在秋天穿得这么单薄,而当我向窗外望去,只见晨雾消散,天空湛蓝,栗树叶在阳光下金光灿灿。

她跟我握了手,然后坐了下来。"我是受卡尔委托而来的。他很想亲自向您表示感谢,但他正处于不能为任何事分心的阶段。贡德拉赫过去几个月都在美国,没去干扰他。他不仅修复好了我的画,还开始了一幅新画。"她笑道,"您会认不出他来的。自从卸下了我那幅画的负担,他就变成了另一个人。"

"那太好了。"

她并未起身,而是跷起了二郎腿。"请把账单发给我,卡尔没有钱,反正他都会把账单给我的。"在我还没去想钱的来源的时候,她已经从我脸上看到这个疑问了。"这不是贡德拉赫的钱。是我自己的钱。"她笑着说,"您怎么看我们的故事?一个有钱的老男人找了个年轻画家来画他的妻子,结果他们相爱了,然后私奔。一个老套的故事,不是吗?"她继续笑,"我们喜欢这类老套的故事,因为它们没错。尽管……贡德拉赫已经算一个老男人了吗？卡尔还能说是个年轻画家吗？"她笑道。我又一次惊讶于她的嘶哑笑声，这个一头金发、肤色白皙、目光闪亮的女人笑声竟如此嘶哑。她笑起来的时候会眯着眼睛。"我有时候也自问，我还是不是个年轻女人。"

我也笑了。"不是的话又是什么？"

她严肃起来。"年轻时会感到一切都会再好起来，一切不对的，一切错过的，一切搞砸的。一旦我们不再有这种感觉，一旦感到经历和事情都变得无法补救了，那我们就老了。我已经不再有这种感觉了。"

"那我就从来没有年轻过。我妈去世的时候我才四岁——这怎么能再好起来？我外婆没有再给我一个母亲。"

她用她明亮的目光直视着我。"您还从未爱过，是吗？也许您要再年长一些才能变得年轻起来，才能在一个女人身上找到一切，重新找回一切：您失去的母亲、您想要的姐妹、您梦想的女儿。"她微笑着说，"我们会是这一切，在我们真正被爱着的时候。"她站起来。"我们会再见面吗？我并不希望再见——您别误解我，请别误会。如果我们再见面，那就说明一切都分崩离析了。您偶尔会有这种感觉吗，上帝嫉妒我们的幸福，所以要毁坏它？"

9

我想不去在意她的话,只当她在乱说,当她不过是个唠叨多言之人。贡德拉赫的钱也好,她的钱也罢,反正她看起来足够有钱,不必挣钱,不必工作。一个无所事事之人。然而她无法让人不去在意。她占据着我的脑海——交叠的双腿,紧身的牛仔裤,紧身的衬衣,明亮的目光,嘶哑的笑声,泰然自若,略带挑衅,令人迷惘。和她面对面坐着的时候,我已经有所感觉。等到第二天走进贡德拉赫的房子里,看见那幅画的时候,我更是如此。

当贡德拉赫迎面走来,向我表示欢迎时,我想,不,这不是一个老男人。他大约四十岁,身材修长,满头黑发,只在两鬓有些灰白,行动敏捷,说话有力。"感谢您的到来。您的委托人和我相处得不太好,但我相信,我们之间会好得多。"

如果我能决定的话,我是不会去陶努斯贡德拉赫家的。我会坚持既然是他有求于我,那就应该让他来找我。但贡德拉赫给我们律所的办公室经理打了电话,他答应了我会过去。"拒绝拜访贡德拉赫?看来您还有很多东西要学。"他向我介绍了贡德拉赫的企业、财富和影响力。于是我去了,先是管家接待，然后还需要在前厅等待，留我和自己的自尊心较劲。

贡德拉赫拽住我的胳膊，这个动作也让我的自尊心受挫。他把我带进会客厅。右侧是一排落地窗，窗外一片绿地，左边是一面书墙，而我面对着的那堵白墙上就挂着那幅画。我站住了，没法不站住，贡德拉赫松开了我的手臂。您还未爱过……当我们真正被爱着……令上帝嫉妒的幸福——她赤裸着身体从楼梯上走下来，一天前她所谈到的一切，此时都回荡在我的脑海。

"是的，"贡德拉赫说，"这是一幅美丽的画。但是，它也似乎被下了一道诅咒。腿、胸、阴部，一个接一个地遭到破坏。"他摇着头，"破坏现在结束了吗？我不确定。您确定吗？"

"我……"

"如果破坏持续下去怎么办？该让施温德一次又一次地过来吗？我不想再在我家里看见他了，他更情愿重画一幅新的，而不是老修理这幅旧的。但是他必须这么做，他没有别的选择。而我必须让他进到我家里来，因为法律规定如此。是这样吗？"

他友好地、嘲讽地看着我。他有他的律师们，并且知道施温德的法律处境处于劣势。但是他也知道，我肯定会让它显得好像处于强势位置。我不能出卖我的委托人。我不能对贡德拉赫说,他在跟我的委托人玩一场卑劣的游戏。我点头。

"施温德很想拿回这幅画。只要它在我这里,他就会感觉有问题,画无宁日,他也一样。而且,您难道不认为,所有的东西都有其归属之地吗?如果一个东西不在它的归属之地,它就不得安宁。画得不到安宁,人也得不到。"

"如果不仅仅是我的委托人需要安宁,您也一样需要的话——他很愿意买回这幅画。"

"这话他也对我说了。但是那时陷入混乱的不仅仅是这幅画。您看见她是怎么走下楼梯的吗?镇定,泰然,平静,不是吗?而当她到达下面时,她的平静消失了。因为她并不属于那里。"

"您的夫人并没有让我感觉……"

"您别打断我!"他对我的冲撞很恼火,过了一会儿才平息下来,"感觉会欺骗人。这幅画不是也给人很好的感觉吗?尽管它被下了诅咒。问题不在于我夫人给人什么感觉,而在于她失去了她的平静。她需要重新找回平静。"

我等待着他继续讲下去。但是他站在那里,看着那幅画。"我不明白,是什么……"

他转向我。"明天施温德要到我这里来。他需要我对修复的画进行验收。如果明天这幅画出了什么问题，如果施温德去了您那里，如果是他一个人去的，身边没有我夫人，如果他请求您准备一桩不寻常的交易——您就做吧，即便这场不寻常的交易有可能让我们纷扰不堪——但有时候这是正确的。我们不就生活在一个不寻常的时代里吗？而且有的时候，合约尤为重要，即便它不具有法律效力，也无法被强制履行。"

我不明白他什么意思，但又不想再重复说"我不明白"。他看出了这一点，笑起来，重新拉住我的手臂，领我回到门厅。"您别生我的气，不过，搞法律的人往往都有点循规蹈矩。当我遇见一个接受不寻常的挑战的人时，我会记住他的。"

10

在回去的路上，我知道，我爱上了伊雷妮·贡德拉赫。

尽管我还没有爱过，但我知道。我曾经喜欢我们的数学老师，她个头小小的，双眼灵动，声音清爽，身着短裙。有一次我把一朵红玫瑰插在她的自行车车篓上。也曾经有过一个女同学，我老是想要看她，不管走在城市的哪一处，我总是希望能遇见她，然后找她搭话——在学校里我是不敢的，而她也会高兴地回应。有时候我会日复一日地只想着她，想她可能正在做什么，想做什么能引起她的注意，能讨她的欢心，如果我和她在一起会是什么样。当有一场很难的数学考试即将来临，我必须全力以赴地去准备时，我决定在考完试之前都不再去想她，而在考完试之后我的想念也终止了。我上大学的时候，法律系还基本没有女生，其他系的女生我也没有遇上。假期里我曾去一个零部件仓库打工挣学费，那里除了开铲车的和其他大学生，干活的都是女工。她们开我们男人的低级玩笑，争相挑逗我们，弄得我狼狈不堪，不知如何应对。有个女工我挺中意的，她比其他人安静，年轻，一头黑发，一双多情的眼睛。打工的最后一天我在仓库大门处等她。她出来时，径直走向了一位年轻男子，他正倚在马路另一边的一棵树干上。

也许，有母亲和姐妹的人不一样，他们对女人和爱这类事情会更加了解一点。母亲去世后，父亲把我交给他的父母，他们估计很想宠我，像其他祖父母那样宠爱自己的孙儿，只是不想养育我。他们已经对自己的四个孩子尽到自己的责任，到我这儿他们已经不想再重复这件事了，只能就事论事地把它当成任务来完成。不是说他们做错了或者少做了什么。我上了钢琴课，参加了网球训练，学会了跳舞和开车。但同时，爷爷奶奶也会让我知道，他们能做的都已经做了，至于剩下的，他们只希望能少被我烦扰，多一些安宁。

我的想象中的恋爱是这样的：认识一个女生，我们相互喜欢，约会，越来越喜欢对方，并不断见面，变得越来越亲密，最后相爱。几年之后我和我妻子就是这样的。她来律师事务所做见习生，能干、开朗，我请她吃饭、进剧院、看展览，开始是一周一次，后来一周多次，我们走得越来越近，最后在她通过第二轮国家考试之后结婚了。她已经去世十年了。孩子们长大以后，她进入了政坛，成了市议员。再次当选后没几天，她就出了车祸。我至今都不明白那是怎么一回事，怎么会刚过中午她的血液里就能有 16mg/100mL 的酒精含量，然后在国道上撞上了一棵树？警察问我她是否酗酒。我的妻子怎么会酗酒？

当时对伊雷妮·贡德拉赫的那种渴求，在我毫无防备的时候突然袭来，来势凶猛，幸好这种事后来再也没有发生过。那天，在开车回法兰克福的路上，我不得不停下来，走下车，因为我蒙了。没想到它真的存在——幸福，我从来都没有梦想过的幸福，它只需要这样一个女人的存在，有她在身旁，有她的声音，她的裸体。眼下，她站在旧生活的阶梯上，还未迈出跨入新生活的那最后一步。假如她这一步能迈进我的生活该多好！假如她每天早晨都能这样走入我的生活、投入我的怀抱该多好！

11

侦探所老板到了周三晚上都还没有来电话，于是我周四一早便打了过去。打了几次都没人接听，直到十点以后才有个秘书接电话，并把她老板的手机号给了我。我原本想，一个好的侦探所总该有个总机吧，总得一天二十四小时或者起码从清晨起就有人守着才对。

"我跟您说了，这事需要等几天。"

"我今天得回德国了。"

"我有您的电话。您把您的邮箱也给我吧？如果我有消息，马上通知您。"

"我需要再飞过来一次吗？"

他笑了。"这就是您的事了。"

他笑得快活，我想象着电话那头的人应该已经上了年纪，挺着肚子，秃着头。我需要再飞过来一次吗？——多么傻的问题。我告知了我的邮箱地址，放下了电话，然后站到窗边，望向海港。歌剧院张扬着水泥船帆，蓝色海湾停满大大小小的船只，尽头还有一条绿色陆带，那后面即是开阔的大海。

阳光照耀着。我可以略过早餐，在植物园的餐馆吃顿早午餐，然后躺进草丛。路过酒店不远处的一家箱包皮具店时，我可以买个双肩包，在书店买本书，从葡萄酒专卖店买瓶红酒，读会儿书，喝点酒，入睡，醒来。

我想着下午要搭的航班，想着第二天早晨抵达后，我乘车回家，开门，收拾行李，沐浴，穿着浴袍读信，剃须，更衣，再开车去事务所，被同事迎接的情形。我想象着和司机的对话，他会问我旅途是否愉快，我则会问法兰克福有什么新鲜事。我还想到秘书会摆放在我的办公桌上的鲜花。

想到这例行仪式般的回程，我不禁感到悲哀。我年复一年地忠实地遵循着这个仪式，这些年月本身也成了被严格遵守的程式，案子接着案子，委托人接着委托人，合同接着合同。企业合并及并购，这些是我所擅长的，是委托人来找我的原因，也是我需要处理的合同内容。这些年来我掌握了需要顾及的要点和需要提出的问题。我总是斟酌同样的要点，提出同样的问题。只有在对方试图玩花招的时候才会出现问题。但是我也学会了一些花招。

我给法兰克福旅行社老板打电话。这个时间太晚了，他已不在办公室，于是我打到他家里。他说可以改签我的航班，但需要改到一个确切的日子。我想什么时间飞？还不知道？

那他干脆推迟两周,这样他可以随时继续推后或者提前。他祝我接下来的旅程愉快。

我套上西装,昨天穿的就是这件,皱皱巴巴的,还沾着草和泥。突然间,这个不飞的决定让我感到害怕。突然间,这个例行程式,这个我在工作中,在回程、启程和业余时间都遵循着的例行程式,仿佛成了我生活的唯一支撑。没有它我怎么生活?我是否应该……?但我没有收回这个推迟航班的决定。

12

在植物园里泡一天,而不去美术馆,对我来说是不可能的。于是,我又一次站到了这幅画面前,画上的女人又一次令我感到难为情。不是因为她赤裸着身体,不是因为她令我想起当年发生的事情,而是因为我现在看见了另一个人,一个与我当年遇见的那位不同的人,一个与我此前所见的那位不同的人。先前我的眼睛都看到了哪里?

画上的女人从楼梯上走下来,并不是为了去弹钢琴或者喝茶,也不是因为她的爱人在楼下笑呵呵地等候着她。她低着头、垂着眼走下楼来,仿佛是受迫,却又不得不屈从。仿佛她反抗过，但又放弃了，因为那个对她握有掌控权的人太强大了。仿佛她只有以柔和、诱惑和委身才能自保。为此她不得不委曲求全。或者说她甚至是心甘情愿的，只不过没有向对方，更没有向自己承认这一点？

有一次，在一个博物馆里，我见到了几幅再现了阿拉伯或者土耳其后宫里那些白人女奴的十九世纪绘画。立柱，大理石，沙发，扇子，她们浑身赤裸，姿态慵懒诱惑，眼神幽深。我觉得很做作。这个走下楼梯朝我迎面而来的女人也是做作的吗？我不知道。一时间，暴力和引诱、反抗和趋迎纠缠在一起，这种混乱令我感到别扭。我从来没有遇见过这样的女人。这个形象和我当初所认识的伊雷妮·贡德拉赫并不相符。抑或当年是我误解了一切？

我不想去思考这个问题。所幸的是我手上有本书和红酒。我不读小说，只读历史书。真实发生的事和人们想象出来的东西是不一样的。如果我们学习历史，我们学习的是真实，而不是那些有时候很天才，但经常都很愚蠢的奇思妙想。如果有人认为小说比历史丰富，那是因为这个人没有发挥出想象力，没有想到——恺撒，他对布鲁图斯视如己出，但却遭其匕屠；阿兹特克人在与白人交手前，就被对方的疾病侵染，力量锐减；跟随拿破仑军队的妇女和孩子们，在渡别列津纳河时或是被踩踏在冰雪中或是被赶进冰水里。悲剧与喜剧，幸运与厄运，爱与恨，快乐与悲伤——历史提供了一切。小说并不能给予更多。

我读着澳大利亚历史——那些戴着镣铐的囚犯，那些移民，那些国土开发团体，那些淘金者，那些中国人。澳大利亚土著人口锐减，因为他们先是染上疾病，随后被屠杀，最后他们的孩子也被带走了。这件事的初衷是好的，但却给那些父母和孩子带去很多痛苦。我妻子喜欢说，善的反义词不是恶，而是善意，这已经得到了证实。然而恶的反义词并不是恶意，是善。

13

正应了贡德拉赫的预言，一天后，施温德来了律师事务所。他是直接从贡德拉赫那儿来的，垂着头，绞着手，坐在我办公桌前的那把椅子上。他闷着头不说话，直到我不耐烦起来。而即使开始说话了，他也没有抬头、松开双手。

"我到他那儿时，画正挂在墙上。我指给贡德拉赫看我做了什么，他看了看，夸奖了我的工作。然后他拿出一把开合刀，打开，往画上一划，合上小刀，放回口袋。我应该阻止他的!他整个过程都非常沉着。而我却好像瘫痪了一般。然后他微笑着说:'您很快就会把这修复好的。'他说得对,划痕不大,恰在楼梯上。'但是,'他说,'在您重新得到这幅画之前,在我拿回属于我的东西之前,您是不会得到安宁的。去您的律师那儿吧,让他给您起草一份合同。'我不懂:'一份合同?'他说:'一切都需要做得严丝合缝。'"施温德抬起头来,看着我,"您可以做吗?起草一份合同,让我拿回我的画,他得到伊雷妮?"

我没说话,但是他看出了我脸上的惊骇。

"我必须拿回我的画,我必须如此。您觉得我能放任贡德拉赫再次破坏这幅画吗?甚至让他把它毁掉?我不该卖给他的,在我刚跟伊雷妮在一起的时候,就应该把预付款还给他,把画取走的。我太傻了,上帝,我真傻。我现在知道了,只有在我能决定我的画的命运之后,我才能画画。我毁掉了一些画。因为它们不行。但这幅画是行的。有一天它会挂在卢浮宫,或者大都会艺术博物馆,或者艾尔米塔什博物馆的。您不相信吗?您没错,也许我需要钱,假如我能把这幅画卖到柏林、慕尼黑或者科隆去,我会很高兴。但那样的话,将会是我的另一幅画被挂在大都会艺术博物馆里。有一天,纽约会办我的画展,展出我最出色的作品,那时柏林就会把这幅画借给纽约去布展。"他越说越激动,站起来,坐下去,伸开双手,接着又握紧拳头。突然他大笑起来。"也许我会出席画展开幕式,一看到这幅画,就会想到您。"他继续大笑,摇头。

接着他又激动起来。"但是,柏林在没有征得我同意之前是不能把这幅画送去纽约的。在我不能决定画的命运,决定它要卖给谁、借给谁的情况下,我不会再出售任何一幅画。您是不是认为不会有买家能同意这个条件?不,他们将竞相购置我的画,同意我提出的任何条件。我知道,您不相信我。您不相信我在您的记事簿上画的一张速写,有一天会让您发财。您宁愿让伊雷妮现在就把钱付给你。您认为我不够有天赋,不够有韧性,或者您觉得我太怪了,不适合这个艺术市场。"我想要反驳他,但是他不让,示意我别打断他,"您心里在想,如果他能画抽象画就好了,或者最起码像沃霍尔那样画。浓汤罐头、可乐瓶或者玛丽莲·梦露——您喜欢这些,承认吧,您喜欢这些。这里,在办公室里,您在墙上挂些老东西,在家里,您挂着沃霍尔画的歌德和贝多芬,因为您想表明,您有教养,但并不老派,能接受所有的现代事物。难道不是这样吗?"

他的语气带着轻蔑,目光含有敌意。我想向他解释,告诉他我家里挂着什么样的画，为什么挂它们，但我又觉得这与他完全无关，随便他怎么想我，无所谓。"对您来说，您的画比您的女友更重要，是吗？"

"您完全不知道您在说什么。关于我的画，您懂什么？这女人，您懂吗？完全不懂，既不懂这幅画，也不懂这个女人。也许她想重新回到她丈夫身边去。回到他提供给她的舒适中去：用人、旅行、骑马、网球、金钱。您有问过自己这个问题吗？等她用完了自己的钱，而我的画还挣不了钱的时候，她怎么办？做服务生？清洁工？去工厂？不过这一切跟您又有什么关系呢？"

"您要我起草一份合同，一份不伦不类的合同，您却问这些与我有什么关系？"

"等一下。伊雷妮·贡德拉赫是个成年女性。无论您写下什么，无论她丈夫和我签下什么，她都可以做她想做的。如果我对她说，我们之间结束了，而她丈夫又对她说，她又属于他了，她其实可以对他说，滚一边去吧，再告诉我她不相信这话。别，您别对我说这件事不伦不类。两个男人陷入窘境，想要解决问题，至于事情是不是真的能办成，全掌握在这个女人手中。一个老掉牙的故事而已。"

在说最后几句话的时候，他冷静了下来。他虽然粗莽，但还算自制平和。他站起来。"怎么弄我都同意。让他决定吧，什么时候、什么地点、什么方式、该做什么。您知道怎么找到我。"

14

假如换作今天，有个客户带着这种要求跑来找我，我会把他赶出门外。然而在当时，我却不知道该说什么，只好一言不发地看着施温德离开房间。

我该去找律所两位合伙人中的谁商量商量吗？但我从来不求助于任何人，所有的难题都独自解决，正是这让我在律所建立了声誉。我想到了那位我特别信任的法官，我曾在他那儿做过见习生。但我想象得到他会说什么。

电话响了，办公室经理说那一头是贡德拉赫。是不是贡德拉赫雇了个侦探跟踪施温德，得知了他进出律师事务所的情况？

"您考虑考虑该怎么表述。我不插手您的业务。但请允许我提一点有关流程的建议。最好让施温德和伊雷妮到我这儿来。我们先谈一下，然后施温德再把画拿走放进车里，并宣称自己会马上回来带伊雷妮走，但实际上他会直接带着画离开。然后我会跟伊雷妮解释，施温德拿她和画做了交换，那时候她就会明白她该属于谁。"

"如果她并不明白这一点怎么办？"

他笑了。"这您就别管了，那是我的事。我了解她。她离开我的时候，我们之间是有些问题，她觉得在我这里无法找到真爱，但在他那儿可以。这场交换完成之后，她就会明白。"我不说话。"喂！您不相信我，您在想，如果她还是不明白这一点怎么办？不用害怕，我不会把她铐住，关进地下室。如果她要出租车，那也没有问题。"他的语气变得不容置疑起来，"您起草份合同吧，让施温德和我签字，定下碰头的事。"他挂了电话。

铐住她，关地下室？不，不会这么做。但是，万一他把她绑起来，弄到什么地方去呢？弄到他的乡间别墅，或者爱琴海上某个属于他的小岛上呢？给她下药，让她在他的快艇或者喷气机上醒过来，而她能做的只有笑着面对这场恶劣的游戏，给我写张明信片，说她正在享受和贡德拉赫的第二次蜜月呢？

我想象着他们之间的对话、博弈和下药麻醉过程。贡德拉赫一个人干得了吗？或者他会让管家按住她，自己用麻醉剂湿巾捂住她的脸，然后再一起把她抬进车里？贡德拉赫会自己开车吗？接着，我脑子里冒出来了事件的另一种可能走向。假如施温德是在耍贡德拉赫呢？如果他把一切都告诉伊雷妮了呢？如果她先帮他拿回那幅画，然后跟他一起逃跑呢？然而，贡德拉赫是不会让这种事情发生的，他的手下会去追赶这两个人，惩罚施温德，并带走伊雷妮。还是说贡德拉赫会因为对她气愤至极，选择不把她带走，而是也对她进行惩罚？殴打、强奸、毁容？不会的，他肯定知道他不能耍贡德拉赫。这场交易终将到来。

15

就在几年前，贡德拉赫才退下来，把企业交给女儿管。他是个很有才干的企业家，把业务成功地扩张到了东欧、美洲和中国，还在德国统一的经济问题上给科尔和施罗德做过顾问。只要愿意，他本来是可以成为德国工业联合会主席的。我们有时会在一些社交场合见面。他当年曾许诺，如果我把他和施温德的那笔交易做成，他会记得我，但他从来没有兑现过。

是的，我帮施温德和贡德拉赫达成了这笔他们想要的交易。我起草了合同，按照贡德拉赫的建议在其中确定了交接细节，并让两方在合同上签了字。交换定在周日下午五点进行。

做这件事的同时，我决定去提醒伊雷妮·贡德拉赫。我该怎么做呢？让她来律师事务所吗？让她一个人来？但是假如施温德还是陪她来了呢？或者她认为我的要求很奇怪不来呢？权衡之后，我请了一天假。我知道她和施温德住在哪里，便开车到了一个可以看到那栋旧公寓大楼出入口的地方。我并没有久等，她九点钟出了家门，沿着街道走着，我则在对面的那条街上跟随她。我们乘坐同一班地铁到了市中心，在下车的拥挤人群中相遇，一切显得很自然。

"碰见您太好了。事情有了变化，我想跟您说说。您有空吗？"

她意外吗？她的反应很平静，微笑着说："我要去河对岸。您陪我过去？"

我们穿过老城，过了桥，聊起了城市面貌的变化、即将到来的选举和美好的秋季。河上还挂着晨雾，但斑斓的树叶已经被阳光照耀着。我对她说，她来律师事务所的那天阳光也很好，树叶也闪着光。

我们在一张长椅上坐下，我告诉她我去了一趟贡德拉赫家，施温德后来来过一次事务所，我还起草了一份合同，他们俩也都签了字。我也说到我害怕如果她不配合的话，贡德拉赫会伤害她。我不知道她对我说的这些有什么反应，我没有看她。我越过河面望着对面的城市，看着雾慢慢变薄，化成露水，随即消散。我开始说的时候，城市被雾笼罩着，我结束时，城市披着阳光。

我最终看向她时，她眼睛里噙着眼泪，我立即移开了目光。"没事的，"她说，她的声音让人察觉不到她在哭，"不过几滴眼泪而已。"接着她问："为什么要合同？这合同对他们有什么用处？"

"我想，贡德拉赫要让约定显得正式，具有约束力，即便它并没有法律效力。放在从前他就会要求施温德跟他决斗。"

"您呢？为什么您要做这个合同？"

"如果我不做这个合同，贡德拉赫就会找另一个律师做。我就无法知道他和施温德打算对您做什么了。"

"您作为律师可以这么做吗？先是代理我这两个男人中的一个，然后又和另一个缔结协议，接着又告诉我这一切？"

"我不在乎。"

她点头。"这么说这周日……不，我丈夫没有快艇、喷气机，也没有岛。但是他有栋乡间别墅。给我下药，再把我绑走，这事他做得出来吗？我不知道。"

"您丈夫？您没有离婚？"

"他不肯，他的律师拖着离婚案。"她的声音听上去有些恼火，不知道是因为我的好奇，还是因为贡德拉赫的阻挠。

"我很抱歉……"

"您不必老是抱歉。"

"我……"我想说我没有老是抱歉啊。但是我什么都没说。我坐在那儿，不知道该怎么对她说我想对她说的话：我很想帮助她，我会为她做一切，愿意为她付出一切，我爱她。

"我这两个男人置我于何等境地啊！一个要出卖我，另一个可能要绑架我。"她笑道，"您呢，您想要什么？"

我脸红了。"我……让您陷入这个境遇也有我的责任，我想尽我所能，让您从中脱身。如果我能……如果我……"

她看着我——惊讶？感动？还是怜悯？我无法读懂她的目光。然后她笑了，用手抚摸我的头、颈和肩，迅速地拥抱了我一下。"我落到了坏蛋手里，但是我没有完蛋。有一位勇敢的骑士来拯救我了。"

"您是在取笑我吗？我不是说我有什么过人之处。我……我爱你。"

16

我爱你——我马上就察觉那个"你"听着不对劲。不过,"我爱您"听上去也怪怪的。看来,在还不到火候说"我爱你"的时候,就该闭嘴才是。然而,人的心里一旦充满了爱,它就会从嘴里溢出来。我此时就是想要通过向她宣布我的爱,把这个不合时宜的"你"变得名副其实起来。

"这是在你独自来律师事务所的时候发生的。那天你说到爱,说一个女人如果真的被爱着是怎样的,她会是爱人、母亲、姐妹,以及女儿,还说到那巨大的幸福,连上帝都会嫉妒。你当时微笑着,带着一种幸福的、痛心的、了然一切的微笑,其中藏着一个许诺……不,你没有给我任何许诺,什么都没有,我没有任何可以引以为据、借机抓住你的东西,我的上帝,你的许诺是一个……包含了整个宇宙,我知道,你是在谈爱和女人。但是……对我来说你就是这个女人,能爱你和被你所爱——这将是……"

"嘘,"她再次把手臂放到我的肩上,将我拉近,"嘘。"我不再说话,只希望这个拥抱不会结束,然后闭上了双眼。"如果你真想帮助我……"

"怎样?"我睁开了眼睛,"怎样?"

"你可以……"她止住了话头,松开了我的肩膀,挺身坐起,我也跟着照做。

终于,她开口了,先是有些犹疑,然后越来越坚决。"如果我们星期天到贡德拉赫家去……卡尔不会愿意开我的车,而会开他的大众商务车。我可以……我有一把这辆车的钥匙,可以交给你,在我们进入贡德拉赫的房子以后,你就潜入车里躲在方向盘后面。当卡尔拿着画出来,放进车子并关上车门之后……一切取决于此,你必须立即把车子开走。你必须立即离开。万一卡尔打开车门,跳进车里,那就完蛋了。如果没有……我很确定,卡尔一定会认为是贡德拉赫欺骗了他,他会回头走进房子,谴责贡德拉赫,在两个人吵架的时候,我便可以逃走。那条街在贡德拉赫房子的下面拐了一个弯,那里是花园的边界,你就在那里等我,我会翻过围墙钻进车里。"

她冷静地制订着计划,我也尝试同样镇静地回应着。"施温德会正好把车停得让我不需要掉头吗?"

她点头。"这件事我负责安排。你也不用考虑大门的问题,它只有在夜里才会关上。"她朝我微笑,"车门一关上你就开车,我那两个男人一旦吵起来我就逃跑,只要这两样做到了,事情就能成。"

我不喜欢她说她的两个男人，不过我没吱声。我想象着贡德拉赫房子前面的斜坡、从大门到房前的那段路、那里的草木，以及停车处。是的，我必须想办法潜入车内。我不知道如果事情搞砸了会发生什么，我越过了此前从未越过的界限。但是我很坚定。"你上车以后，我们开到哪儿去？"

她再次用手抚摸我的头。"你觉得能去哪儿？"

17

除了去我那儿她还能去哪里？我感到很幸福。我们是一体的。我们将一起行动，一起胜利，一起逃跑。我们根本没必要逃跑，完全可以留下来——谁能谴责她什么？谁又能谴责我什么？我梦想着我们共同的生活。我们是不是该去找一间大公寓或者一座小独栋？她会搞园艺吗？会做饭吗？她一天到晚都干什么？她喜欢旅游吗？喜欢去哪里？她爱读书吗？爱读什么？她……

"我得走了。"她把我拉出了梦境，站起身来。

我也站了起来。"我可以陪你吗？"

"只有几步之遥。"她指着手工艺品博物馆说。

"你……"

"我在那儿工作。设计。"

我突然感到害怕。这个美丽的女人,我梦想着跟她生活的女人,已经有一个生活了。她有份事业,她挣到了钱或者继承了钱,她有过男人,贡德拉赫和施温德不是一次失误,而是一次抉择。"设计",她说得很简短,似乎除了必要的东西,她不想让我知道更多。

"你什么时候给我车钥匙?"

"我会把它放进你信箱。你住在哪里?"

我给了她我的地址。"你要按一下门铃。信箱都在走廊的墙上。你什么时候来?"

"不知道。如果你不在,我就不停地按,直到有人开门。"

然后她走了。她沿着河岸走,过街,走进博物馆。过马路时,她向左右两边看了看,确定没有车过来,这个时候,她本来可以回一下头向我挥挥手的。但是她没有。

我坐回椅子上。我是不是该回事务所?一天才刚刚开始,我还可以工作一整天。但我不想回去。多年后,当我在植物园里回忆起那个河边的清晨时,我发现,自那以后,我再也没有做过这种事情:直接挥霍掉一整天的时间。当然也有些日子我没有去工作,比如那些与我的未婚妻,后来与我太太,再后来与孩子们在一起的日子。但是这些日子是用来补偿未婚妻、太太和孩子们的，做一些有利于健康、孩子教育，或者增进感情的事。这些都是很愉快的活动，毫无疑问，都是很舒心的工作调剂。但只是这么坐着望着，眯着眼睛看太阳，做着梦，一小时接着一小时，然后找一家有着美酒佳肴的餐厅，接着散一会儿步，再找个位子坐下来，继续这样望着，眯着眼睛看太阳，做着梦——这种事情我只干过那一次，直到这回到了悉尼，才又一次这么干。

我问自己，那时候我在做什么梦？肯定是在梦想与伊雷妮一起生活的日子。但肯定不仅仅是这个。和我现在回忆着当年一样，那时候应该也想到了过去。也许，因为我当时正在寻求幸福，过去便在我面前呈现出了新的样貌；也许，我在祖父母那里度过的童年不再是无爱的，而是一条通向自由的道路；也许，我在职业道路上所感到的不再是压力，而是成功的赠予；也许，我与异性无疾而终的交往不再是失败，而是希望的预示。

我不是抱怨自己老了。我不嫉妒青年人尚且拥有未来的人生，我并不希冀我的人生再来一遍。但是我嫉妒他们留在身后的过往之影很短。假如我们年纪尚轻，我们就可以将过去尽收眼底。我们可以赋予它一个意义，即使这个意义不断变化着。而如今我回首过去，却不知道哪些是负累，哪些是恩赐，这份成功与我付出的代价相比是否值得，也看不清在与女性的相遇中我的成与败，得与失。

18

周五我又去看了那幅画。美术馆里挤满了学生和老师。我喜欢这嘈杂混乱的说话声和招呼声，它令我想起课间休息的校园和游泳池里的夏日。画前站着几个青少年，他们在讨论这女人的身材。臀部太宽了吧，大腿太粗了吧，脚太小了，乳头的位置有问题吧？我没有和他们站到一起，但离他们很近，近到他们因为我的存在而感觉不舒服，继续往前参观去了。

我不觉得这个女人身上有什么缺陷。但我这次看她也跟上次看她不一样了。是的，在她身上有着柔和、诱惑和奉献。她不再反抗。但也没有真的放弃反抗。在她头颅的姿态里，在她垂下双眼和紧闭嘴巴的方式上，有隐秘的反抗、拒绝和挑衅。她永远不会从属于摆布她的人。她会配合游戏，但她终将脱身。

如果我当年就看到这一切，并且能够知道一切将会如何发展该有多好？我当年只在贡德拉赫的会客厅里待了一小会儿工夫，还得听他说话，没能好好地看画。如果我能有多一点时间观赏这幅画会怎样呢？我会知道这些吗？

我们见面的那天晚上她没来。我第二天也请了假，我希望她送钥匙来的时候，我能在家。我早早就去购物了，回来时惴惴不安地看了眼信箱。她还没把钥匙投进来。我是个追求整洁，甚至可以说过分挑剔的人，不必专门为伊雷妮整理寓所。不过我还是往花瓶里插了花，在果盘里放了水果。因为害怕她不喜欢一丝不苟的人，我让几个苹果从果盘里滚到了桌上，把几本书和杂志分散到扶手沙发周围的地板上，并将一份文稿摊在书桌上。

她周六才来。她按了铃，我不用朝窗外看就知道是她，我没有去按门钮，而是径直跑下楼打开了大门。

"我只是想……"她手里握着钥匙。

"上去一下。我们得谈谈。"

她在我前面走上楼梯，步子很快，我看着她穿着平底鞋的脚，裸露的脚踝，及至膝下的紧身裤里裹着的大腿和臀部。我的房门开着，她慢悠悠地走了进去，环顾着四周，一副理所当然的样子。她走进既作书房又作客厅的大房间，先是走到窗边，眺望街道，然后来到书桌旁，看见手稿。"你在写什么？"

"联邦法院做了一项关于版权的裁决……"我没能继续

说下去。我没有在楼下拥抱她,眼下虽然很想做这件事,但又感觉不太对,我的微笑没有魅力,手臂太长,手太大,行动又笨拙,我不敢。

"版权……我们还需要谈什么?"

"你不想坐下吗?你想要茶还是咖啡,或者……"

"什么都不要,谢谢,我得马上走。"但是她坐到了扶手沙发上,那周围我放了些书和杂志,而我则在她对面坐下。

"如果我明天去贡德拉赫家……那是一个富人区。如果我把车子停在街上,会不会引起注意?我走在街上,是不是也会引人注目?那里的人相互认识吗?会不会发现这是个陌生人?"

"把车子停在你去贡德拉赫家路上会经过的村子里。从那里你要走差不多半个小时,不会超过半小时。你怕吗?"她审视着我。

我摇摇头。"我很高兴。你和我……我前天说的那些……我吓到你了。我想再说一遍,这次会说得比较好,但是我害怕会再次吓到你,我想到等一等,等到全世界的时间都属于我们的时候。不,我不害怕。你呢?"

她笑起来。"我怕什么?怕事情不成功?怕我被骂?怕我被绑架?"

"我不知道。你打算怎么处理那幅画?"

"没什么打算,在我拿到那幅画之前没打算。"她站起来,"我得走了。"

我很想问去哪里,想问她是不是也爱我,或者有一天会爱我,想问她是不是还跟卡尔·施温德同床,想问星期天我们拿到画坐上车以后怎么办。但我什么都没问。我站起来,抱住她,她没有贴近我,但也没有抗拒,抽身时,她吻了吻我脸颊,摸了摸我的头。"你是个好孩子。"

19

我真的不害怕。我知道我参与了一项非法行动,如果被逮住,我的律师生涯就完了。但我无所谓。我和伊雷妮会找到另一种更好的生活。我们可以去美国,我可以晚上端盘子,白天去上学,很快就能重新步入正轨,成为律师,或者医生,或者工程师。如果美国人不要曾违过法的律师——那我们为什么不能去墨西哥呢?在学校里,我轻而易举就学会了英语和法语,学个西班牙语也不会费什么劲。

然而入睡前我还是颤抖起来,上下牙齿打架。我把能找到的被褥都堆到了床上,即便如此我也没停止哆嗦。我终于睡着了。清晨，我浑身是汗地在湿漉漉的床上醒来。

之后我就没事了。我一身轻松，同时感觉到一股无拘无束的力量，可以抵挡一切的力量。这感觉很棒，独一无二。我都不记得什么时候还有过类似的感觉，无论是那之前还是之后。

星期天到了。我在阳台上用早餐。阳光明媚，鸟儿在野栗树上歌唱，教堂的钟声传来。我想到了结婚，伊雷妮有没有在教堂里举办过婚礼？她会不会想在教堂里结婚？教堂对她来说重要吗？我幻想着我们在法兰克福的共同生活，先是在这里的阳台上，然后搬到棕榈园旁的一间大公寓里，在那里的阳台上，然后再到河对岸的老树下，在那里的花园里。我接着幻想着我们俩依偎在一艘船的扶栏上，穿越大西洋。我向一切告别，向律师事务所，向这个城市，向这里的人们告别。一场没有痛苦的告别。对于过往的生活，我只有一种友善的冷漠。

我早早地开车出门，但到得并不早。村子里有场节庆活动，市场和主街都被拦了起来，车子只能在辅路上艰难地行进。我把车停在墓地旁边，找到一条从葡萄园中穿行的路，我以为那是一条近路，但其实并不是，直到走进林子才撞上一条通往贡德拉赫家的路。当第一辆车从我身边掠过时，我意识到施温德也会走这条路，可能会看见我，于是我立刻走到小道上，将自己掩在树木下和灌木丛中。

我的衣着很不显眼，牛仔裤、浅咖啡色衬衫、棕色皮衣以及墨镜。然而，当我走出林子，来到贡德拉赫家附近时，我发现周日街道空荡荡的，偶尔才有人家坐在平台上，头顶一把大遮阳伞，我感觉所有的目光都落在我身上，无论是坐在平台上的人，还是藏在窗户后面的人，都在看着我。这个时段，除了我以外，街上没有其他行人。

我不能从这附近直接过去，那样施温德会看见我的，而弯弯绕绕的小巷走得我迷迷糊糊的，等到我抵达贡德拉赫家的时候已经下午五点过几分了。车库前的停车场空着。我钻到对面的房子旁边，在垃圾箱和丁香花丛之间等着。我能看见车道、房子，车库的门一个开着，一个关着，里面停着一辆奔驰，车道上有一只猫在躺着晒太阳。一片向下倾斜的草地从街道伸向房前，草地上长着几棵小松树，我计划迅速从一棵松树跑向另一棵松树，这样Z字形越过草地到汽车那里。要是有人路过，要是有人从对面房子里往下望，我就得尽快躲到车子后面去，让人不能确定是真的看到我了。

我听见远处传来施温德那辆大众商务车的声音——那车的排气管坏了。汽车开得很快，喘着气，一个急转弯就从大街拐上了车道,吓跑了那只猫,在门前猛然刹住。没人下车,过了一会儿车子开始往后退,在停车场转了个大圈,再一次向后退,最终在门前停了下来,车头朝着外面,这样往回开时不必再掉头了。接着车门打开了,两人走下车来,她一言不发,他却在骂骂咧咧,我听见几句"这有什么意义""就你主意多"。接着门开了,贡德拉赫对客人表示欢迎,请他们进屋去。

就是现在!我对自己说。即便刚才有人被施温德车子的噪音引到了窗前,现在也肯定走开,回去干自己的事情了。我跑过街道,藏身于第一棵松树后,接着又跑,跌跌撞撞,然后摔倒,爬到下一棵松树后面,起身,再跑,一瘸一拐地,拖着疼痛的脚跑过最后一棵松树,终于抵达大众商务车。我打开车门,蜷缩在座位上,不让外面看见我,也看不见外面,我把钥匙插进点火开关。等待着。

摔跤摔得脚很疼,背也蜷曲得疼。但早上感到的轻松和力量还在,我相信自己做的是对的,没有丝毫怀疑。随后我听到房门打开的声音和施温德的骂声,嫌那个帮忙的管家动作不够快,不够小心,不够听从于他;抱怨不得不绕着车子走,抱怨拉门费劲。但是他还是把车门打开了,一边骂一边把画放到车里,推上门,而正在车门哐当锁上的那一刻,我拧钥匙打着了火。

车立刻就启动了，当施温德反应过来，开始叫喊并拍打车身时，车已经开动了，而当他跑起来时，我的车已经跑得够快，尽管他够着了副驾驶的车门，并且打开了它，但已经无法跳进来，甚至无法往里看一眼了。我在后视镜里看见他跟在车后面跑，身影越来越小，最终停下。

20

我把车开到贡德拉赫房子下面的拐角处，随后下车，围着车走了一圈，把拉门打开又关上，并关上了副驾驶的门——施温德把门拽开后，我一直没能把它关上。我不想看那幅画，不知道为什么。

然后我站在那里等着，向伊雷妮要翻越的那堵墙张望；墙有两米高，刷成了白色，墙头铺着红瓦。白墙的尽头是邻院又高又密的针叶树丛，犹如一道绿色的围墙。我再向拐角处那房子里的篱笆望去，那篱笆也很高，爬满了藤蔓，俨然又一道围墙，拒人于千里之外。我望向蓝天，听着园中的鸟鸣和远处的犬吠，一切充满着礼拜日的平和。我却突然有一种受困于围墙间的压迫感，又像夜里那样感到寒冷，我感到害怕,却又不知道怕什么。怕伊雷妮不来吗?

这时候伊雷妮出现了。她骑在墙头,明亮,耀眼,笑着,理了理头发,将它别到耳后,跳了下来。我一边双手接住她,一边想,现在一切都会变好的。我很幸福,以为她也是。她真的上气不接下气,任我抱住她,直到她缓过气来,很快地吻了我一下,说:"我们得走了。"

她要开车。因为村里有节庆活动,我们的车会被困住,被别人追上,所以不如在村子前就进山,绕一下路,从东边进城。为了不让别人在村子里发现我的车,我应该在村前下车,把我的车开回城里去。

"他们怎么会认识我的车?"

"我们不能冒险。"

"冒险?假如我去参加了这场节庆,喝了点酒,也会把车子停在那里,打车回城的啊?"

"按我说的做吧,就当是为了我,这样更让我放心些。"

"我们什么时候见面?你的东西怎么办?我们不用去取吗?而且还得赶在施温德回家之前?趁他还没报警,从车里把画拿走,再把车给扔了……"

"嘘,"她把手放在我嘴上,"我会小心的。放在他那儿的几样东西,我都不要了。"

"你什么时候来？"

"结束了以后。"

她在村前把我放下，给了我一个吻，我找到我的车之后开回了家。开车绕上一段路，把画放到事先准备好的地方，不让我知道，然后把大众商务车丢掉，叫辆出租车，这样一来，她到我这儿大致需要两个小时。然而，还没等到两小时我就不自在起来；我在自己的公寓里来来回回地走着，不停地朝窗外张望，泡茶却忘了从壶里取出茶叶，泡下一壶时还是忘了。她怎么搬得动那幅画？不会太重吗？是不是还有谁帮助她？谁呢？抑或是她刚好能够搬动？她为什么不相信我？

两个小时过去了，她没有来，我给她找了个解释；三小时之后，她还是没有到，我又给她找了个解释：四小时后也是这样。一整夜都是这样，我都找到了解释，试图缓解对她可能遇到了什么不测的恐惧。我也试图用这种恐惧压制住另外一种害怕：她不来了，因为她不想来。而对她可能会遭遇什么不测的这份恐惧，是爱人为爱人、朋友为朋友、母亲为孩子才会有的那种恐惧。

在这种恐惧中我离伊雷妮很近，晨曦未启之际，我给各医院和警察局打电话时，我很自然地称自己是她的丈夫。

随着晨曦初露，我意识到伊雷妮不会来了。

21

周一贡德拉赫打来电话。"您一定听施温德说了。按照正规的程序,我应该确认一下目前的情况。我夫人失踪了,画也失踪了。施温德是不是给我演了出双簧?这事我的人会查清楚的。不管怎么说,我不再需要您的服务了。"

"我从来没为您服务过。"

他笑着说:"您这样以为也行。"随即挂断了电话。几周后我收到了他的消息,他没有找到证据证明施温德给他演了双簧。我觉得通知我这件事他做得很正派。施温德则从此杳无音讯。

我打听到,伊雷妮在那天之后,也就是在我们一起度过早晨的那天之后,就再也没有回手工艺术博物馆工作过,尽管她的见习并没有结束。我还了解到,除了与施温德同居租的那套房之外,她还拥有一个自己的房子——一个隐秘的藏身之所,她的朋友们对此都不知情。邻居们想不起来最后一次见到她是什么时候了,应该是很久以前了。

我感觉受到了伤害,悲伤,气愤。我渴念她,在打开信箱时,我有时会想,也许会有一封她寄来的信,信封里会夹着一张明信片。但是她没有。

两年以后的一天，我觉得我看见她了。那时，在我们位于韦斯滕德区的事务所不远处，有一栋房子被大学生擅自占用，而警方后来却将他们赶了出去。于是数千人上街游行，游行队伍经过了事务所，我站在窗前往下看。我很惊讶，因为这些人是如此开心，尽管是所谓的不合理事件促使他们走上街头，但他们却如此快乐地高举着他们的拳头，如此骄傲地喊着口号，当他们手挽手跑起来的时候，笑得如此高兴。他们看起来并不坏：父亲的肩头上驮着孩子，母亲牵着小孩，还有很多年轻人，中学生和大学生，几个穿着蓝工装的工人，一个身着军装的军人以及一个穿西装打领带的男人。接着我看见了她，或者说我认为看见的是她，便马上奔下楼跑到街上，跟着游行队伍寻找她，有几次我认为我看见了她，但又不是她，然后我找到了一张跟她很像的脸，我想是这张脸让我在从窗里往下望时弄错了，我准备放弃，但还是没有死心，依然继续找着。直到有一群游行者冲进一栋空房，并占领了它，警察来了，事态升级了。

总有一天，伤口会结成痂。不过我从来都不乐意去回想和伊雷妮·贡德拉赫的事。特别是当我明白自己扮演了一个多么可笑的角色之后。我怎么就不明白以谎言开头的事情是不会有好结局的，一辆偷来的汽车的方向盘不是我能把握的，那些从丈夫和情人身边跑开的女人从不属于我,是我让人利用了?任何一个有理智的人都会看出来。

每当我回忆起自己如何在墙脚,戴着我的墨镜,带着我的寒战与惧怕等待着,想着伊雷妮会不会来,会不会要我,还是她不要我了,不会来了;想到我之前是怎样拥抱着她,又是怎样的幸福,同时以为她也很幸福的时候,我都会特别强烈地感到我的行为有多么可笑和窝囊。这份回忆让我浑身不舒服。

我总是用这一念头来安慰自己,就是假如我没做过这个蠢事,我跟妻子的婚姻很可能就不会这么美满。福祸相依,每件坏事都有好的一面,我妻子总喜欢这样说。

过去的事情无法改变了。对此我早已释怀。我无法释然的只是,过往始终没有什么意义。也许每件坏事都有好的一面。然而,也许所有坏事不过就只是件坏事而已。

22

周六,我乘船去了海湾末端的那条绿色陆带,更远处是辽阔的海面。倒不是因为我厌烦了植物园,而是因为我觉得不能日复一日地就局限在这么一小块生活区域里。我还从来没有只躺在海边的阳光下度假过，总是要去周边走走看看，选择海边度假的地点时，也都要先看看那周边有没有可以走访的地区。

船划过一个小岛——很久以前，为了一场与假想敌进行的假想战争，人们加固了这座小岛；划过一艘艘在水面上浮动着的锈迹斑斑的灰色战舰；划过海边的房屋，在那里生活肯定是轻松快乐的；划过一片片树林、沙滩浴场和快艇码头。太阳，海风，海的味道——这是一个愉快的早晨，孩子们在整个航行中乐此不疲地从船头跑到船尾，又从船尾跑回前甲板，在那里，海风最为猛烈地扑打在脸上。我冻得慌，却扛着自尊心，不愿意坐到船舱里与老人们为伍。

船靠岸了，我走下船，越过一个坡后来到海边。展现在面前的大海与大西洋或者太平洋没什么两样。然而，想到从这里出发，沿一个方向可抵达智利，另一个方向则能通向南极洲，我顿时心生感慨。我感受到那种遥不可及和深不可测，与此同时，海之蓝显得深暗，卷向沙滩的海浪不再轻柔，而是变得险恶起来。

我沿着海滩往前走，直到公路和车流让我感到疲累，于是我回到出发的地点，那里可以租到躺椅和遮阳伞。我的背包里仍然装着一瓶红酒、几个苹果和那本关于澳大利亚历史的书。

澳大利亚的历史很短，书很快就讲到了当代，谈起了气候和自然资源、农业、工业、外贸、交通、文体活动、大中小学、饮食、宪法和政府、人口密度和国民发展、地理与社会形态、职业和休闲生活、男性与女性，以及离婚率。

每当我来到一个陌生的国家，都会问自己，要是居住在这儿，我会不会过得更幸福些呢？每当我穿行在街道里，遇见人们聚在角落里谈笑时，我便会想，假如我生活在这儿，现在大概会和他们一起开心地站在这个角落里。每当我路过街边咖啡店，看见一位男士走近一位坐在桌旁的女士，两人笑着打招呼的场景，我也会想，在这里，我也可能再次遇见一位女士，她期待着我，我期待着她。而到了傍晚，一扇扇窗户亮起灯光的时候！每一扇窗子都象征着自由与安全——告别过往生活的自由和新生活带来的安全感。而眼下，我甚至仅仅因为阅读着一本书，就产生了去另一个世界，过另一种生活的渴望。

这并不是因为我在自己的生活里感觉受到了束缚，不是的。我和我的妻子曾经是一对很好的搭档，各自有各自的自由。她当初是可以出去工作的，只要她愿意，请一个保姆是没有问题的。但是她不愿意那样做，而假如没有她全力以赴的投入，孩子们不会成长得这么好，我很可能也不会有今天。后来，当她决定投身于地方政治时，没有我的影响力，她也走不了那么远。不，我不曾感到束缚。我也不会突然丢下一切——房子、家庭和律所，在别的地方重新开始。有些同事和朋友会在某个时刻摆脱婚姻，辞去工作，找到一个更年轻的妻子，用一个三十二岁的大型活动组织人取代五十岁的家庭主妇，开始另一份更时髦的工作，从律师转型成为一个调停者或者心理咨询师，然而几年以后，在新的生活中，他们又像过去那样，与太太争吵，对工作兴致索然。不，我并未在我的生活中受过束缚，相反，我是在深思熟虑后选择了这个生活，并且用心地维护着。倒也不是说我找不到别的、更年轻的女人。虽然算不上美男子，但是我始终保持着身材，有能力享受一些东西，也可以给年轻姑娘提供些什么。但是我不想。

我的生活，如此地不由自主，同时又如此地随机偶然，真是挺奇特的。选择这份职业，选择这家大型律师事务所，选择这个妻子，生了一个孩子，又一个孩子，接着又再生了一个——这些都是自然而然达成的。决定从事这份职业是出于拂逆，结婚是因为没有不结婚的理由，前者让我走向了大律所，后者带来了三个孩子。

23

  周一的时候侦探所的老板打电话来了，问我是否还在悉尼，是否愿意到他那里去一趟。他说比起电话里讲，还是面谈更好一些。

  周日那天我是在酒店房间里度过的。不知为什么，周六到周日的那一夜我无法入睡；不知为什么，我看起了酒店房间电视的付费电影，看了几部动作片、一部爱情片、一部家庭喜剧以及一部色情片；也不知道为什么我边看边喝威士忌，而不是喝我平时习惯的啤酒和葡萄酒。我似乎想要喝醉。反正我早上醒来时醉醺醺的。我躺在床上，一整天昏昏沉沉，想给孩子们打电话，但是时间先是太早，之后又太晚了。

  我不记得自己曾经喝醉过，更不要说有意喝醉。喝过头的人我当然见识过，其中就包括我的合伙人卡尔兴格。他在他母亲那独属于莱茵地区的欢乐氛围里长大，每次事务所出去郊游的时候他都会海喝，酩酊大醉中还会对女实习生动手动脚。为此我一直有点鄙视他。我妻子喝醉的时候，我也会有点鄙视她。从她的性格和生活环境来看，她不可能是个酗酒的人；这一点，在她出事以后我说得很明确，不仅对警方，而且对孩子们我也是这么说的，为此孩子们甚至责怪我——

仿佛她的离世给我带来的打击还不够大似的。但是有时候，我确实在她的口气中闻到了酒味，她的步履不稳，话语飘忽。如果她夜里是这副样子回家，或者我回家后见到她这个样子，我就会到书房去睡。因为我无法忍受她震耳的鼾声。

傍晚时分，从床上爬起来的时候，我感到很羞愧。我走进健身房，在跑步机上跑步，做点举重运动。健身房里只有我一人。我先找到暂停音乐的按钮，然后找到收百叶窗的按钮。我从来没见过这样的港口和海湾。天空一片漆黑，层层叠叠的云团形成重重云山，闪电穿行其间，一时于云前，一时于云后，一时如闪烁的文字，一时勾勒出绿色或蓝色或白色的云边。海水泛白的泡沫在乌黑的海面上舞动，海面上没有任何船只。

我洗漱完毕，穿上衣服，乘坐电梯来到酒店前厅，走出大门。街道跟海湾一样空空荡荡。一辆救护车鸣着警笛、闪着车灯从身边驶过，暴雨似乎已经制造了一名受害者。此外一片寂静。没有风。至于海浪——不是风暴在拍打它们，而是大海正在沸腾。

我觉得风暴前的平静令人压抑，它的到来则令人松口气。风暴扫过酒店前的街道和广场，驱赶着纸张、纸杯、袋子和罐头——被卷起的物品相互驱赶着、追逐着。空气变冷了，接着天上的冰碎了，冰雹砸下来，噼啪作响地落在大门上方的房顶，仿佛是要击穿它。我退回前厅，望着冰雹铺满广场和街道，白茫茫一片，新砸下来的冰球让冰层不停颤动。

酒店的服务人员和客人们谈论着一九九九年的冰雹风暴，谈论着数以百万计的冰雹、它的直径、损失、受害者。我眼前的不过是一个小型冰雹风暴。

冰雹停下了，天空开始下雨，我走出大门。雨下得很大，没几分钟我已经浑身湿透，有了几分寒意。然而，行走在被雨水融化的冰雹之间，重重地踩在水坑里，让冰水四溅——我感觉非常开心，全不理会湿冷的双脚，滑倒了，身体的一侧隐隐作痛也无所谓。我爬起来，走向港口，那里雨水海水陆地天空融为一体。令人震撼。水漫大地，有如一场无边无际的洪水。

湿冷的滋味开始不好受了，便走回酒店。我理智地度过了周日的夜晚，安稳地睡了一觉，头脑清醒地开始了周一这新的一天。侦探所老板打来电话，我叫了辆出租车就过去了。

24

一位秘书领我到他的办公室，他从办公桌后面走出来迎接,请我坐在桌前的椅子上,然后重新回到办公桌后面。跟我想象的一样,他年纪挺大了,挺着肚子,顶着秃头。每次面对看起来像这样的同龄人时,我都会为自己没有肚子、没有秃顶而感到骄傲,这次也一样。

"我们找到她了。"他舒舒服服地坐下,等着我表示赞赏。

我曾在同事们身上见识过这一套。他们做了该做的事、被委托的事、因此得到报酬的事,但就是不能直接和盘托出,而是要先领受嘉许和肯定。有时候他们还会故弄玄虚,一点点地挤牙膏似的说出该说的东西。我让事务所的同事们不再玩弄这类伎俩。不过我无法让侦探所老板不这样做。我点着头,表示赞许,紧张地问:"她在哪儿?"

"找她找得很费劲。她虽然在这个地方已经住了二十年。但是……"他顿了一下,摇摇头,直到我疑惑地重复道:"但是?"他才继续下去:"但是她是非法居留的。她以游客的身份入境,然后什么都不办——居留许可、工作许可、入籍手续、医疗保险,什么都没弄。我们查不到她这二十年住在哪里,干了些什么。她如今住在海边,从这儿开车向北需要约三四个小时。她肯定在德国有存款,付款用的都是德国的信用卡,这就是为什么她得以脱逃搜寻。如果她在这儿工作了,建个银行账号,开张信用卡,她就得出示证件,而她没有。"

"她在这儿用什么名字？"

"伊雷妮·阿德勒。阿德勒是她结婚之前的姓氏，而且在英语、德语两种语言里都很好听。她的英语应该说得很好。"

"关于她与美术馆的关系，您知道什么吗？"

"她向美术馆的策展人提议展出这幅画，策展人接受了。他查过，没有发现问题。这幅画曾经在卡尔·施温德的早期作品集中被提及，也没有被收在世界失窃作品名录里。目前已经有其他美术馆表示兴趣，这个礼拜《纽约时报》就要发表一篇文章，报道这幅重新露面的大师作品。"

这一切听起来就像是他的侦探在美术馆里找到了一个人，这个人利用了策展人对他的信任，浏览了他的资料，之后他们又找到了移民管理部门的文件，四处打听，最终找到伊雷妮·贡德拉赫生活的地方。我本来指望能了解到更多，我希望能得知她过去生活得怎样，现在生活得如何，如今什么样。同时，我也知道这很傻，因为我之前没有问这些，只是问了这幅画是否属于她，她是否在澳大利亚生活。

我拿到了她的地址——在石头港红湾，道了谢，付了款。在回酒店的路上，我买了一条全棉长裤、一条麻布长裤、几条短裤和几件衬衫。酒店为我租了一辆车，我装好行李，同样表示了感谢，付了钱，随即出发。

25

在经过一个又一个弯道和超车的棘手情况后,我终于适应了左舵行驶,先是开上了六车道高速公路,接着进入两车道的公路飞速行驶,海岸时近时远。我本来周一当天就能开到石头港,但突然之间,我失去了全部的勇气。

我把车开到路边,停下来,下了车。我想从伊雷妮·贡德拉赫或者伊雷妮·阿德勒那里得到什么?去对她说我依旧很受伤吗?终于可以当面告诉她我当年在心里对她说过的那些话?对她说不可以在利用了别人之后又把别人甩掉?对她说一个人不可以玩弄他人的感情,虽然我那时候很笨很傻,但是我爱过她?对她说她不管怎么样都该给我写封信,给一个解释,来减轻对我的伤害?

我只会再一次丢脸。四十年了,一切都早已过去,我依旧对过去如此耿耿于怀,这只会让她感到可笑。我自己也觉得可笑,往事竟然仍萦绕在眼前。仿佛就是昨天,我与伊雷妮一起坐在美因河河边的椅子上;仿佛就是昨天,我在那辆大众商务车里等着她;仿佛就是昨天,她在村子前把我放下。而且,假如我和她坐在一张椅子上,我又会是当年的那个我。

是不是如果事情没有结束就会变成这样?可是事情从不

会自行终结，而是要人们给它一个结局。我本来应该了结当年这桩旧事，赋予它一个意义的。比如说，假如没有伊雷妮，我和我妻子的婚姻不会这么成功——我想这样说服自己，但这不是真的。我的学生和大学时代，我逝去的母亲，我那位去祖父母家看过我几次，然后迁居香港并且在那里去世的父亲——这一切都被我视作既成事实，不可能变成其他模样。为什么我要在心里坚持认为，跟伊雷妮有关的事情却可能有所不同呢？

我走上高坡远眺。向西延伸的山脉被荆棘、灌木以及或直或弯的树木覆盖，树干挺直发白，没有树皮，仿佛浑身赤裸着，仿佛病了。东面两道山脊的后面就是大海。我穿过马路，在堤坝上坐下。海面斑驳，泛着灰色和蓝色，既光滑又毛糙。远处有两艘船在行驶，但似乎始终停留在原地。

它们行驶着，但始终停留在原地[①]——我这样感觉。然后我对自己说，这两艘船无法离开那个点，不过是"似乎"而已。也许我也已经离开那个点了，虽然我没有这样的感觉。这时我想起了西装上的污点，不由得笑起来。以往，那些污

[①] 德语中的"地点"一词还有"斑点""污渍"之意，因此下文作者由船的"位置"联想到了自己的处境以及西装上的污渍。——若无特殊说明，本书注释均为编者注

点会吓到我,而自从植物园的那个下午以来,我已经无所谓了!对,我还是离开那一点了。即便我在伊雷妮·贡德拉赫或者伊雷妮·阿德勒那里颜面扫地,那也不过是西装上的一块污渍而已。

太阳照耀着。有一股松树和桉树的味儿。我仿佛闻到了远处大海的味道,一种淡淡的、潮潮的、咸咸的气息。我听到蝉在鸣叫,山谷里不时传来电锯的轰鸣声。不,我不会再担忧了。我会于第二天前往石头港,今天就先在海边找一家宾馆住下,在平台上欣赏夜幕的降临。澳大利亚的白日是瞬间消失的,蓝天在几分钟内就变成深蓝,然后变黑,入夜。

26

石头港有四条街、一个停着几艘快艇和船的小港口、一家含咖啡馆和邮政窗口的商店、一间房地产中介所和一尊屹立在石墩上的铸铁士兵,以纪念世界大战、朝鲜和越南战争的牺牲者。我开车驶过这几条街,街上空空荡荡的,我开始以为时辰尚早,但其实是因为这些夏季出租屋还没有迎来它的租客。我既没找到一条名叫"红湾"的街道,也没看见一栋叫这个名字的房子。于是我走进那家商店打听。

"您找艾瑞恩？"坐在柜台边椅子上的男人说，他有着白皮肤白头发红眼睛，把手中的书放下，站了起来。艾瑞恩？伊雷妮，三个很短的音节，三个明亮的元音，一首歌的三个音符，华尔兹的三步舞——一个想要被唱出来、随之起舞的名字，而"艾瑞恩"听起来像被嚼过的口香糖。"她住在离这儿有一个小时路程的地方。您有船吗？"

"我是开……"

"您只能坐船过去。您可以在这儿等着她，但她两周才来一次，昨天才来过。电话也打不了，她接不了。"

"有没有船，停在海岸……"

他笑了。"交通航线？这里可没有。我儿子可以开船送您过去，他也可以接您，如果您告诉他什么时间。"

"我会给他打电话……"

"不行，打不了电话。"

"您儿子可以马上送我过去吗？今天晚上接我？"这次那位先生没打断我，让我把话说完了。

他点了点头，请我在屋檐下的一张桌子旁坐下，等候他的儿子马克。我坐了下来，听他给儿子打电话，然后他拿来两瓶啤酒，坐到我这儿，介绍起自己来。他曾在悉尼生活，后来厌倦了城市，七年前搬到了这儿。他爱大海，爱这种宁静，爱这个一到旺季就苏醒过来，然后又回归平静的小地方，爱夏季几个月里的喧闹，也爱淡季的平静——艺术家和作家们会在这里以更便宜的价格租住几周。所有人都去过他那儿：带着孩子的年轻夫妇、爷爷奶奶、青少年、艺术家。

"我可不会去她住的那个地方生活。那儿很美。但是只有美……远远都没个人影……您去她那儿做什么？"

"我们很久没见了。"

"我知道，"他笑道，"要不然您肯定遇见过我。您最后一次见到她是什么时候？"

"很多年以前了。"

他没有追问。马克来了，领我上了一艘老式渡船，然后启动马达，开船出发。他站在船舱里，把着舵，我坐在船舱前的长椅上，迎着太阳，迎着风。山脉和海湾看上去都长得差不多，船轻轻地、有节奏地上上下下，拍打海水，马达以同样平稳均匀的节奏发着突突的声音。我睡着了。

第二部

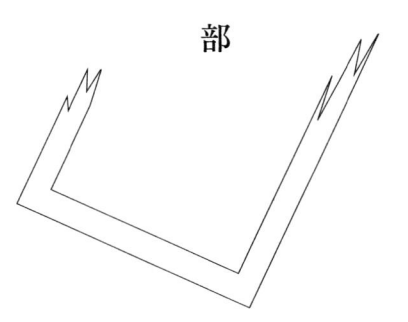

1

马克熄灭发动机时,我醒了。船进入港湾,靠向码头。在我们即将到达码头的时候,马克又一次启动了马达,将船驶进码头的末端,下锚。

"今晚六点?"

"是的。"我跳下船。马克起锚,开船离去。我望着他的背影,直到他转过港湾尽头消失后,才转过身去。

海滩边的是一栋石砌平房,前面的屋檐由石柱支撑着,房顶上盖着石瓦。这房子看上去仿佛已经立在这里很久了,并且还要继续立在这儿。它的存在仿佛意味着文化与文明从荒野手中夺走了一块地盘,并打算守住这块地盘。

我走下码头朝这座房子走去,这时,我看见了另一座房子：一栋木结构双层楼房，建在山坡上，既可以眺望大海，又隐身于林间，让人无法从远处看见它。这两座房子，一座坐落在海岸，仿佛不可动摇，一座悬挂在山坡上，仿佛只是暂栖。木楼底部靠一根根树干支撑着，它们歪歪斜斜地立在那里，看着吓人。房顶和露台塌陷，有的窗框变形得厉害，窗户根本关不上。所有的窗和门都是敞着的。窗帘从其中一扇窗里飘出来。

　　海岸边的房子大门紧闭。我敲了敲门，等了一会儿，最终走了进去，进到一个大房间，房里有座老铁炉、老铁灶、一个橱柜、一张桌子和几把椅子，穿过一扇门就会进入第二个房间，里面放着一张床、一个床头柜和一个衣橱。房间里看上去没人住——大概伊雷妮暖和的时候住在上面，只有寒冷的时节才会住在这儿？大房间里还有一扇门，通向房子后面的水泵和小茅房。

　　我抬起头看上面那座房子。没有任何变化，门窗依旧都敞着，那幅窗帘继续在风中飘动。我感觉上面也不会找到伊雷妮。我当然可以从一个房间走到另一个房间，呼唤"伊雷妮"，看看她住的情况，推断出她生活得如何，但是我不想这样。在山坡上她搭了一个平台，开辟出一片园子，种着生菜、西红柿、豆角和树莓。园子得浇水了。

眼前的一切突然间显得死气沉沉。就好像住在这儿的人匆匆离去,不准备再回来,任由这房子风吹雨淋,地板腐朽,支柱断裂。飘动的窗帘令我想起那些废墟的照片:一颗炸弹将房屋的一面墙炸飞,露出屋子里的家具、画和窗帘。

太阳藏到云层的身后,海面吹来凉风,海湾里的海水开始变得灰暗、冰冷。我把披在肩上的毛衣套上,但还是觉得很冷,看见床上有张闻着一股霉味的毛毯,便拿过来裹在身上,然后坐到屋檐下的椅子上,把头靠在墙上,等待着。

2

我没有听见伊雷妮的船过来。我又睡着了。直到伊雷妮坐到我身边,说了句"我勇敢的骑士!"时,我才有所察觉。

我闭着眼睛。她的声音与当年一样,嘶哑,粗粝,我也像当年一样不能确定,在她的声音里颤动的是什么。她在取笑我吗?我想发火,但又并不想以气恼开场。"勇敢?骑士现在又累又饿又渴。你这儿有什么吃的喝的吗?"我睁开眼睛,看着她。

她笑着起身。我也认出了她的笑:它的声调、那笑容、眯起来的眼睛、脸颊上的酒窝、微微上翘的嘴巴。当她止住笑意后,我看见她的眼睛是灰蓝色的,而我当年只是注意到,或者说只是记得,她的眼睛很亮。我也看见了她额头和脸颊的皱纹、厚重的眼帘、枯萎的皮肤和稀疏的头发。伊雷妮老了,假如我们在街上遇见,我不知道自己是否能认出她来。但是,和认出她的声音、她的笑一样,我也认出了她拢头发别到耳后的动作,以及她抬着头的姿态。她的腰身比从前笨重了。我问自己,那几个学生说的是不是有道理——伊雷妮的臀部是否一直都有点大,大腿是否一直都有点粗。她穿着牛仔裤、T恤衫,还有一件被用作外套的羊毛格子衬衫。她身旁放着个小桶,里面装着她抓的鱼;我拎起桶,跟着她朝上面的房子走去。

爬山的路一开始是一条小道,然后是一段铺在海岸沙丘上的那种木梯,伊雷妮喘着粗气,靠在我的手臂上,停下来好多次。

"也许我还是得搬到下面去住,"当我们走进房子时,她说,"那儿冬天很冷,但是夏天很凉快。"

"那房子里有个火炉。"

她看着我,那目光是在审视我还是表达失望,我不知道,但是我知道她在想什么。这个律师,她想,他就是不能只是听人说,非得要教导我,说我有个炉子,好像我自己不知道似的。

"这话很傻。"

她笑了起来。"冬天这上面一般不需要取暖。但下面的石墙蓄着寒气。那房子以前是个邮政所,是一百多年前为内陆的农场盖的。农场早就不存在了,土质很差,农场主一个接一个地离开了。如今内陆成了自然保护区。我想最后一条邮船是一九五一年圣诞节的时候来的。"她举起手比画了一圈我们所在的房间——那歪歪斜斜的门、歪歪斜斜的窗、支撑着上面一层楼的歪歪斜斜的立柱,以及通向楼上的歪歪斜斜的楼梯。"你不需要告诉我,这一切马上就要倒塌了。我自己知道。不过目前还没到时候。"

一个大房间占据了整个底层,这里既是厨房,又是餐厅和客厅。房里有一座六个灶头的炉灶、一张可坐十二人的餐桌和三张长沙发,这些对于伊雷妮来说都实在太大了。但我没让自己问这是出于什么考虑。我在一旁看她怎么刮鱼鳞,帮着她削土豆皮,洗生菜,还调了一个沙拉汁。我不会做饭,但我会调沙拉汁。伊雷妮问我到悉尼干什么来了,在法兰克福做什么,问我妻子和孩子的情况,问我对生活是否满意。我本来准备让她多说说自己,少谈我的情况,但是她向我提了很多问题,而我一插嘴提问,便会立刻被她接过去掉头来问我,丝毫不透露自己的情况。我们做了饭,说了会儿话,并且因为她要从很高的柜子里取一瓶油而登上了小梯子,在我去扶她时,我们自然地有了一点接触,我还帮她通了堵塞的下水道,拉开了卡住的抽屉之后,我们才终于得以在阳台上坐下一起吃饭,直到此时,我们之间才有了点亲密感。

还没听到船的响声,我就先看见了它。这段时间里我一直没有看表。当马达的突突声传过来时,伊雷妮说:"你不是无缘无故来这里的吧。你想什么时候谈?"

"我明天再来。"

"你可以留下来。楼上有六个空房间。我给你找一件睡衣和干净的换洗衣物,再找一件工作服,这样你明天帮我干活时就不会弄脏自己的衣服了。"

于是我走向码头,把情况跟马克说了。他问我要不要把汽车钥匙给他,那样他明天可以把我的行李拿来,如果我还要多住几天的话。

3

当我再次回到阳台时,她已经收拾好了桌子,还开了一瓶红酒。

"施温德是想留下他所有的作品还是只要你这幅?"我不想开门见山。

"他想留下所有让他配得上艺术家称号的作品。他不是一会儿画一幅这个、一会儿画一幅那个的人。他想要回答当今绘画提出的那些问题:具象艺术和抽象艺术各自的成就、绘画与摄影的关系、美与真之间的关系。"

"你那幅画……"

"它应该是对马塞尔·杜尚的反驳。你知道那幅《走下楼梯的裸女》吗?一个立体主义的形象,下楼的一个个瞬间都溶解到这个形象里,变成一个由腿、臀、手臂和头部构成的旋涡。杜尚的画被视为绘画的终结,而施温德想要证明,一个走下楼梯的裸女依然可以入画。"

我不理解。"为什么杜尚画的东西意味着绘画的终结?"

她微笑。"你到这里来是想要最终搞懂现代艺术吗?"她的微笑很友好。但是在这份友好的后面却隐藏着我不能解释的东西。是轻蔑?拒绝?还是疲惫?我想到一个人很累的时候,如果这个人说,我累死了,那么这个人还是充满生命力的;当一个人说自己活累了,那么这个人则离死不远了。

"我是想要搞懂当时究竟发生了什么。我给你提供了方便,但是你利用了我,还让我后来明确地感觉到这一点。你本来可以来个电话,或者写封信,寄张明信片。假如你认为,你不得不利用我、伤害我的话,为什么没有……"

"……没有友好地掩饰一下是吗?"现在她说的话里带有一种公然的轻蔑,"对于贡德拉赫来说,我是那个年轻的、一头金发的、漂亮的战利品,对于他来说,只有外表最重要。对施温德来说,我可以激发灵感,为此,有个外表也足够了。然后你来了。在玩物和缪斯之后,我有了第三个愚蠢的角色,一个需要被王子拯救的公主。为了不让她落入混蛋的魔爪,王子将她置于自己的手中——毕竟她终究还是男人的掌中之物。"她摇摇头,"不,我那时无心做友好的掩饰。"

"我没有强加给你任何角色。我当时跟你提出来的时候,你本可以友好地拒绝我,走你自己的路。"

"友好地拒绝……"

"你也可以不友好地拒绝我。无论如何你没有必要利用我。"

她疲惫地点了点头。"这些角色让人变得容易预料,可被替代,供人利用。那个拯救公主的王子——你——也利用了我,与贡德拉赫和施温德一样。"

我们律所聘用了不少女性员工,高于平均数值的要求。我们和楼下的税务咨询公司和楼上的审计公司一道开了一家托儿所。我支持妻子的事业,让女儿在读了艺术史之后继续攻读法学。没有人可以用女权主义来教训我。

"你想让我明白,你只能在战利品、缪斯和公主之间进行选择吗?只能在贡德拉赫、施温德和我所要求你的东西里面做选择吗?以你的资产和你的工作,你是有各种机会实现自我的。不要把责任都推……"

"责任?你根本不想去理解,你只想做判决。"她看着我,一脸难以置信的样子,"对你来说只有这个才是最重要的吗:可以对我加以审判,让你不必有任何自责?你全部的生活并不能成为让你无罪的凭证!你工作了,恋爱了,结婚了,有了孩子们……"

我不明白。"我只是想说……"

"是不是与法律打了一辈子交道之后,人就会变成这样:不再关心那个人是谁,而只在乎那个人是不是对的,另一个人是不是有错?"

我还是不明白她想要我怎样。又是在短短几分钟内,夜幕降临。但是这天的夜晚并不黑,月亮照得树叶泛着银光,海面在闪烁。月光照在伊雷妮的脸上,清晰无情地映出每一条皱纹、每一寸枯萎的皮肤、每一根疲惫的线条,令我对她生出怜悯——也对自己心生怜悯。我们老了,一切都过去很久了。我为什么要用这陈年往事来折磨她,折磨我?

尽管如此,我还是不能简单地放下这桩往事。正当我向自己承认这一点时,她说:"很抱歉我当时伤害了你。我当时觉得自己陷于重重围困之中,一心只想逃离,其他一切我都不在意。现在回想起来……你当年还不过是那样一个孩子。"

4

如果当年我还是个孩子的话,那我如今又是什么?躺在床上,伊雷妮的这番话令我无法入睡。当然,对比当初,我现在增长了许多阅历,懂得了很多人情世故,比如该如何与人们打交道,什么是有所亏欠的,什么是不可以接受的,如何在谈判桌上和法庭上斡旋。然而,对于这些,我当年也并非一无所知,并不觉得自己像一个孩子。

伊雷妮给我的这个小房间朝向大海。一片寂静中,如果我稍加注意,就可以听到海浪拍岸的声音:海浪扑向岸边,然后退去,潮水在沙石间涌动,泠泠作响。房间里月光皎洁,我能清楚地看见衣橱、椅子和镜子。

只要注意倾听,我觉得我也能听见伊雷妮的呼吸声。不过这是不可能的，因为她和我之间还隔了一间房。但是假如我听不见她的呼吸，那我便是听见了这座房子的呼吸，而这更加是不可能的。一阵持续的、沉重的吸入呼出声。接着，我听见一个动物在外面嚎叫——一声戛然而止的嘶叫，就好像它被噩梦惊醒，或是被某个可怕的东西吓呆了。

抑或是突兀而至的狂风把它给吓住了。这风没有预兆，仿佛凭空而起，绕着房子，冲撞着它，弄得房架咔咔作响。我爬起来，走到窗口，等待雨点落下。但是天空清朗无云，明月高悬。这风没有带来雨，只是刮弯了树木，令房子呻吟。

这风令我悚然。它没有携来云和雨，不应该如此发作，但风还是蹿了起来。它没有吹到我身上，而环绕着我，穿过我，让我感觉到自己的衰弱，就像它让这座房子感受到自己的破败一样。随后事情变得更加令人毛骨悚然。我发现阳台上蹲着一个人，他扭过头来看着我。一个男孩，黑肤色，短头发，宽鼻子，阔嘴巴，双脚着地，膝盖弯曲，屁股悬在地板之上。我想要是我这么蹲着，我一定会往后倒下去。他的眼窝肯定很深，因为我没有看见他的眼白。我看见他盯着我不放，目不转睛，眼神深不可测。

我该不该叫醒伊雷妮？这个年轻人是计划袭击我们吗？独自一人还是与其他人一起？或者他想烧了这座房子？不

像——他安静的蹲姿，还有那明亮的月亮和呼啸的风声，都与这种猜测不相符。我感到不安，但这并不是因为害怕。我感到心神不宁，是因为我不明白这里的一切意味着什么——这个男孩、这阵风、伊雷妮说的那些话，还有让我留在这里的东西。

5

我醒来时，天空还很苍白。我听见一阵喧哗的骚动声，随即走到窗前，看见一群黑鸟正拍打着翅膀在树的上空盘旋，忽近忽远，声音忽大忽小；当它们飞得远远的、没那么吵的时候，我能听见其他鸟鸣声，它们总是反复唱着那两三声曲调，或者总是发出重复的短促啼叫；我想象着它们绝望地张开自己的喙，从中挤出总是相同的颤音，直到那群鸟重新回来，把它们盖过。

椅子上搭着件工装，昨天床上也是这样放了一件睡衣。我听见伊雷妮慢慢地走下楼梯，开始在厨房里忙活，我也穿上了衣服。

喝咖啡时伊雷妮告诉我，她的吉普车有个轮胎瘪了，千斤顶也断了，需要我把车子抬起来，好让她塞一块石头进去，方便换轮胎。

"人家告诉我，开车到不了你这里，没有路。"

"这一带成为自然保护区之后，就不维护路了。通往交通路线的路段都给拦上了。但是对于吉普车来说，有老路的痕迹就够了，拦住的地方可以绕过去。我们里面的人知道怎么出去，庆幸的是，外面的人不知道怎么进来。"

"我们？"

"这里还有两个农场。我等会儿得去一趟。"

吉普车太重了，我抬不动。我试图拿来当杠杆用的木桩断了。最后我找到一根铁管，终于抬起了吉普车，伊雷妮推了块石头进去。剩下的事就简单了，尽管我已经记不得上一次换轮胎是什么时候了。

在去往农场的路上我问伊雷妮，夜里蹲在阳台上的那个男孩是谁。她说是卡利，以前在她这儿住过，有时候会过来看看是不是一切都好。她觉察出我还想多了解些事情。

"我之前收留了一些被遗弃的、流落街头的、吸毒的还有酗酒的孩子。我没办什么正式手续，没有经过社会和少儿福利机构，我自己在这儿都没办过正式手续，这件事是孩子们在彼此之间传开的。有的来几天或者几周，想休息一阵子，有的待上一两年。有几个后来回到了学校或者找到了一份工作,还有一些人后来又来了,状态比之前更糟糕。如果他们还不到十八岁,我就留下他们。没有超过十八岁的,这是铁规。"

"你有过多少孩子?"

"这个房子有七间房,每间住一个,偶尔会住两个。我住下面的房子。"

"你们是靠什么生活的?"

"我们养过鸡和羊,种过各种东西,农场的人也帮过忙,有时孩子们会把偷来的东西拿过来。他们学会了要分享,并且不可以为个人偷,只能为集体偷。"

谈话进行得断断续续。伊雷妮开得很快很稳,开着吉普车越过凹凸不平的路面,穿过被冲刷出来的河床和干涸的池潭,有时直接从灌木丛中穿过;路不断消失,又不断出现。我被抛起,甩过来甩过去,只好使劲用脚抵在边上,抓牢座位,这辆吉普如果有个顶篷或者哪怕有个门,我都能觉得舒服一点。但是它是敞开的,就像战争片里的那种老吉普车。

"你这吉普车是从哪儿来的?"

她笑了。"偷来的。最初我们什么都得自己拖。有一天阿容挞和阿瑟弄来了这辆吉普,一个收藏家把它停在自己的车库里。两个孩子在我这里待了一年,然后十八岁了,知道不可以继续留下,但他们想要我们其他人生活得容易些。"她又笑了,"我对收藏不感兴趣。你呢?"

我们到达了一个山谷,这里有一条几乎干涸的小河、草地、树木和奶牛,它们聚拢在一棵柳树的阴影里,就像一位十七世纪的荷兰画家在油画里描绘的那种场景。山谷的尽头出现了第一个农场。那儿有一座很大的木制房、两个谷仓、几个年轻男女、许多孩子,还有很多猪和鸡——在简短地跟我打了个招呼以后,便没有人再注意我。伊雷妮走进房子,过了一会儿我也跟了进去。我发现她正在厨房里,取下一个女孩肩上的绷带,检查伤口,从一个小罐子里取出一种药膏涂在上面,再绑上一个新绷带。"她想用肩膀撞墙,"伊雷妮看见我的时候说,"她不会再这么做。对不对?你不会再这么做了吧?"女孩摇了摇头。

另一个农场看起来很萧条。开门的老妇人向我投来一种不信任的、含有敌意的目光,然后拉着伊雷妮的手进了房子,又把门关上。我坐在吉普车里看着这个衰颓的房子、破败的谷仓和锈迹斑斑的器具,在心里抵抗着笼罩这个院落的那份阴郁。

6

"他撑不了多久了。"伊雷妮上车坐到我身边的时候说。

"然后呢？"

车开动了。"然后她也撑不了多久了，另一家农场的年轻人最终将接手这里。他们早就该接手，然后关照这些老人，但是他们不愿意。他们变坏了。"她耸耸肩膀，"我们这儿的人并不比你们外面的人好。刚开始我以为他们好，但事实并非如此。"

"你成医生了？"

"护士。大多数情况下这就够了。如果到了需要器械的地步，即便我是医生也无济于事。"

我设想如果碰上盲肠炎、心脏病发作、癌症怎么办。同时我也在心里想，这些孩子怎么上学，怎么弄来纸笔书这些东西？这里的人还会需要外面的哪些物品？第一个农场的那些人，他们之间是什么关系？是几个年轻的家庭一起住在那座房子里而已吗，还是说他们是一个小公社，或是一个小教派？伊雷妮来这儿是想找什么，她找到的东西又是什么？

"我曾经用比当初对你还要过分的方式利用过别人。"

"你抢了他们的钱？毁了他们的名誉？要了他们的命？"

我随口说道，觉得一个比一个荒谬。

她笑了。

我不喜欢她的笑。那种笑，就像是在笑一个糟糕的玩笑，笑一出不入流的恶作剧，或者是笑一场本该哭的不幸。

她没有说话。我也不知道该说什么。虽然在这一片穿行并不要求我们彼此交谈，但是这份沉默仍响亮地横亘在我们之间。我们到家停好车后，她坐在车里不动。

"你能帮我走到我的房间吗？我自己走不了。"

吉普车就停在房子的上方，在下坡的路上她先靠着我的右臂，之后我得用双手抱住她，架着她，领她走。房子里的楼梯又陡又窄；伊雷妮说，她一个人常常像条狗一样四肢并用地爬上去，既然如此，她也可以像一条狗一样让我抱上去。我抱起她，走上楼去，把她放在房间的床上。

"我很抱歉，"她说，"我刚刚太用力了。如果一切不紧不慢地来，我是可以的。但我不太擅长这么做。我一使劲，就会腿软，不听使唤，有时候我的脑袋也会罢工。"

我搬来椅子坐到床前。"你怎么了？"

"我勇敢的骑士，"她微笑道，"没什么，不是你能拯救的，让我睡一会儿就好了。"

她闭上眼睛。她的呼吸变得均匀起来，有时候眼皮跳一下，有时候会用手揉一下肚子，嘴角聚起口水。她身上散发出一股疾病的味道，和我孩子小时候得病，后来得流感、受凉或者肚子疼的时候味道不同。伊雷妮的味道强烈，陌生，让人恶心。

我还待在这儿干什么？我已经知道了想要知道的东西。她甚至也为当年利用我道了歉——我还想要什么呢？

我轻轻站起来，走出房间，离开房子，来到海边。码头上放着我的行李，在旅行包的拉链处插着一张字条。马克是上午来的，因为他下午和晚上有事情；他没能找到我，把我接走，但不管怎么样他带来了行李。

7

我又坐在海边房子前的屋檐下，坐到那张椅子上。正当我坐在伊雷妮床边时，天上铺满了乌云。是雨云？我感到很冷，取来那张有股霉味的毯子。又一次坐到这儿来，又一次觉得很冷，又一次闻到毯子的霉味——我感觉时间好像停滞了，我也如此。

不，如果伊雷妮抢了什么人的钱的话，她不会待在这儿，也不会过这种生活。毁誉——如果她毁掉了什么人的名誉，却不见有报纸对此有过报道的话，那事情也不会很糟。害命——假如事关人命，我也会从报纸上读到。难道她实施了那种天衣无缝的完美谋杀？伊雷妮？

我还从来没有过杀人的念头，无论对方是竞争对手还是敌人，是猥亵和谋杀孩童的罪犯，还是皮诺切特[①]或波尔布特[②]。不是因为我珍视生命的价值。它对我来说依然是一个谜。如果失去它的人都不曾追惜，那么人们怎么能对之进行准确的估量呢？而是我憎恶暴力，连续击打或刺捅致人死亡——这令人毛骨悚然。即便不是直接殴打或刺击受害者，而是从远处引爆炸弹，致受害者血肉横飞，这同样令人毛骨悚然，甚至更加令人憎恶——因为这一类暴行卸除了所有那些唯有在人们近距离接触时才会萌生的冲动和抑制。

我也从未与杀人犯打过交道。我的事务所不接刑事辩护的案子。但无论如何，我都无法把伊雷妮和杀人犯联系起来。她懂得如何控制自我，懂得如何坚持自我。我想不到任何促使她进行谋杀的动因。即便她的第二个男人与她的第一个男

[①] 指奥古斯托·皮诺切特（Augusto Pinochet，1915—2006），智利政治人物，1973年发动智利军事政变，而后开启十六年的专制独裁，并对反对者进行血腥镇压与屠杀。
[②] 波尔布特（Pol Pot，1925—1998），柬埔寨政治人物，在其执政时期，大力打压异见者，造成百万人死亡。

人一样，仅仅将她视为一个猎获物；即便她接下来的情人又想要利用她；即便她的上级刻意刁难她，就因为她拒绝了自己；即便她的邻居在楼梯间骚扰了她——伊雷妮都有办法对付这一切。假如有人抢劫或袭击了伊雷妮，反而因此丧生，那么这是自卫，而不是应该受到别人责难和需要自责的事情。那么，她那句话又是什么意思？

我正犯着跟当年一样的错误。当年我以为自己知道她是谁，但其实我一无所知。我们的亲密只存在于我的想象之中。而现在我又以为我能够知道她的所思所想，以为自己很了解她。为什么？只因为她赤裸着走入了我的生活？透过那样一幅画？

我站起来，叠好毯子，向山上的房子走去，走进厨房。我在储物柜里找到了面条、几个番茄罐头和一罐橄榄，在调味架上找到凤尾鱼和刺山柑。做饭我不在行，但是可以慢慢来。当我听见伊雷妮起床，走向楼梯的时候，桌上已经放好餐具，菜也做好了。我扶她走下楼梯，领她坐到桌前，给她盛好晚餐。她望着我，看着我骄傲的样子，笑了。

"你还在啊。"

"我们还在路上的时候，船来过，把我的行李放下，又回去了。现在你得送我去石头港了。"

"什么时候？"

我耸耸肩。"明天？"

"听你的。"

8

她这话令我生气。她就不能说"你别着急走啊，你还可以待一阵子"这样的话吗？"当年，我们之间就只能是那样一种结局？没有另外的可能性吗？"我问。

她惊讶地望着我。"我勇敢的……"

"别来你勇敢的骑士那套了。我爱过你。你当时跟我说，我还从来没有爱过，这话你还记得吗？确实如此，我之前还没有爱过谁。你是我的初恋，我的方式不是特别恰当，比较笨拙，我知道，我不抱怨，的确比较傻。我只想知道，我当年是不是可以在什么地方做得好一些，这样我们之间就有可能成功。"

"你是说，我是不是会跟你一起在法兰克福生活，跟你的律师事务所和中产生活、网球和高尔夫，还有歌剧院年票这些一起是吧？我……"

"我们可以去美洲：美国、巴西或者阿根廷，我会重新开始，热情地投入新生活，学习新的语言和法律，然后……"

"……很快拥有一家蒸蒸日上的律师所，进入中产阶级……"

"这有什么不对吗？"

"你为普通人代理过吗？工人、租客、被夺走健康的病人、被丈夫殴打的妇女？你控告过一回国家、警察或是教会吗？你为政治犯辩护过吗？你铤而走险过吗？我要找的就是这样一个人——一个敢于冒险的人，让我可以跟他一起冒险的人，甚至拿生命去冒险。你昨天说什么来着？并购和收购企业？谁跟谁合并了，谁接手了谁，这种事谁会感兴趣？连你自己都不会感兴趣。你享受的是你有能力做这件事，别人不可以戏弄你，而你可以戏弄他们。你享受着你挣的钱、高级酒店和商务舱。而这个世界是不是公平，这样的问题你关心过吗？"

"在企业合并和收购中，也有公平与不公平的问题。我这次……"

"你就从来没有过别的梦想吗，比如为被剥削者和被压迫者伸张正义？来吧，告诉我你并非总是如此！"

她的目光让我不舒服。我戳着面条，开始吃饭。她也吃起来，但是一直用眼睛看着我，等着我的回答。我该说什么呢？我为自己的实用主义感到骄傲。我生命中最激进的想象就是与伊雷妮搬到布宜诺斯艾利斯去住，夜晚端盘子，白天上学，尽快重新进入社会上层。如果这条路行不通，如果我得和伊雷妮长期蜗居，靠接些小案子谋生，卷进说不清道不明的政治活动——这种境况我不愿想象。

"不，我一直如此，"我说，"我梦想与你移民到布宜诺斯艾利斯，白天学习，晚上端盘子，为了与你共同开始新生活，我也可以当个南美牧民，或者到纽约洗盘子，或者在落基山伐木。但是这份梦想的结局是一个美好的生活。至于那些被剥削者和被欺辱者，他们应该自己想办法去摆脱困境。"

她把目光转向面条。"味道很好。"我们继续吃饭，我给她又添了一次面，斟上葡萄酒和矿泉水。过了一会儿她说："你没必要费这个脑筋。你当时不可能有什么别的做法。除非你是另外一个人。"

9

等我把餐具都撤走，洗好碗，重新回到桌前时，伊雷妮把手放在桌子上，头趴在手臂上，睡着了。上一次我把她抱进房间时，她让自己没有那么沉，这回她躺在我的手臂上沉甸甸的。我把她放到床上，脱掉她的鞋、牛仔裤和厚衬衫，把她身下的毯子拉出来盖在她身上。

我以为要下的雨迟迟未落，于是我坐到了阳台上。月亮不时从云层中钻出来，照亮整个海面。否则就是一片黑暗。蝉叫得巨响，就像树上站满了鸟。

伊雷妮的话很过分。我得是另外一个人才行？我应该梦想为受剥削、受欺辱的人寻求正义？而且想必不仅仅是要梦想，还必须为此而活？

打造正义之圣殿的石匠众多，他们中有一些人敲方石，另一些人凿石墩和檐口，还有些人负责装饰和塑像。对于整体建筑来说，每一个工作都同样重要，控告、辩护与判决同等重量，起草租约合同、劳务合同、婚姻契约与组织兼并和收购一样重要，富人的律师与穷人的律师同样重要。是的，少了我的工作圣殿依然会壮大。少了这一处线脚或是那一块装饰，它也依然会继续壮大。然而尽管如此，这些依然属于其中的一部分。

我突然想到伊雷妮会带着嘲讽的口吻，提出什么样的问题。我从何而知自己是在建造一座圣殿，而不是一栋公寓楼、一家商场、一所监狱？

我还想起了一件事情。我在刚刚进卡尔兴格和孔策律师事务所的时候,曾经为一位从前的中学和大学同学做过法庭辩护。他跑到我们当年的母校,说服了一些学生去参加游行,正和他们一起从学校的操场出发之际,有一位老师出面干预,接着发生了一场乱斗,这位老师摔倒受了伤。我不知道当年那个同学为什么会来找我。是他没有钱聘请律师吗?或者就是想来挑战我,以为我做不了他的辩护人?或者他觉得我特别适合做他的辩护人,以此来恭维我?无论怎样,我接了他的案子。我没有收他任何费用,只告诉了事务所的办公室经理,没有跟卡尔兴格和孔策说。但是他们还是得知了此事,并且大为光火。因为我在为一个煽动骚乱的人辩护——这会让工商界的客户怎么想?我不得不放弃辩护,尽管找到了替代者,但他还是被判有罪。我移交辩护的时机不太好。当时,那位教师正好又一次被送进医院,控方正在考虑以严重妨害治安罪,而不仅仅是简单的妨碍公共治安罪起诉他,而我这时候移交,给人一种好像我在与老同学拉开距离的感觉,加大了为他辩护的难度。

我能让他无罪释放吗?对此我是很有信心的。我力图赢得我的第一场,估计也是唯一一场刑事官司,我聘请了一个私家侦探,查出最先动手的是那个怒气冲冲的校园管理员,而那位教师之前就有过癫痫发作的经历。这些我也跟接手的辩护律师说了，但是他业务水平不够好。也许换一个人能好些——也会贵一些。我向我的同学许诺过会承担这些费用。

他甚至都请不起我给他找的这个接手律师，更不用说找个更好的了。我对他没有任何亏欠。我们在中学时期以及大学最初的几个学期里一直是朋友，但那已经过去很久了。他始终没摆脱学生气，而我不想荒废自己的生命，很快我们之间就失去了共同点。当时对政治刑事案的判决很严厉，他被判监禁，没有缓刑。也许这对他来说并不那么糟糕，也许对他来说，在监狱外晃荡还是监狱内，区别并不大。我没有去探过监，他之后也没再联系我。不知他如今怎么样了？

我不亏欠任何人什么。我也不必感谢任何人。如果我得到了什么，我会予以回报。对我慷慨大方的人，我会双倍或者多倍回赠。可以说，我和我的朋友、熟人互不亏欠。职场里的情况不一样，在那里，人们并不把获利归结于他人的大度，而是归功于自身的能力。

下雨了，我不能继续待在阳台上了，便移步进门，在房里听雨，直到上面发出奇怪的响声，我应声上楼。伊雷妮房间的窗帘被风掀了出去，潮湿的帘布紧贴在墙上。我把窗帘收进来，费了很大的劲才关上走形的窗户。

伊雷妮睡得很不安稳。我点亮床边的蜡烛，看见她抽搐的双手、跳动的眼皮，以及额头和嘴唇上的汗珠；有时她会小声说一些我听不懂的话。我擦去了她脸上的汗水。当我试图把她身上的毯子拉好的时候，我看见她的T恤和短裤全都湿透了。找一件睡衣和一条毛巾，脱下她潮湿的衣物，给她擦干，并给她穿上睡衣——我此刻应该这么做。但是我站在那儿，一边看着她，一边想这个女人跟我有什么关系。

我还是做了该做的事。我在衣橱里找到睡衣，在浴室里找到毛巾。当我抬起伊雷妮，脱下她的T恤时，她把手臂搭到我的脖子上，没说话，没睁眼，也没醒来，当我给她穿睡衣时，她又做了这个动作。她大概是想让我在扶起她的时候省点力气，像她在当护士时学到后教给她的病人那样，但是对我来说，这孩子般的温柔举动却让我感动。我给她脱下T恤和短裤，换上睡衣，中途擦拭她的身体：肩膀、胸、肚子、大腿。她之前应该更胖些，因为跟这个身体相比，她的皮肤显得有些松弛。我又闻到了疾病的味道。

有的时候，我也会在镜子里看见自己赤裸的身体，并会对它心生怜悯。它都经历了什么，吃了怎样的苦头，受了怎样的煎熬啊！我并不是自怜，我不屑于此。这份怜悯并不针对我，而是针对我的身体。或者直接来说，是针对衰老。此刻，它针对的是伊雷妮的身体。它如此衰颓，如此脆弱，如此可怜，在搂住我的脖子时又如此顺从:这让我于心不忍。尽管如此,我还是感到生气,因为她没有邀请我多住些日子。

10

吃早饭时伊雷妮谈起了她今天的计划。她得去给那位老人打一针。她要和那帮年轻人一起烤面包,周四是烤面包日。她没提出要送我去石头港,我也没有要她做这件事。当我陪她走向吉普车时,她说:"我会在同一时间回来,希望状态能比昨天好。你再做一下饭?"

我又一次坐到屋前檐下的长椅上。跟前两天不同的是,太阳出来了,我不觉得冷,也不需要毯子。但我又一次感觉时间仿佛停滞了,我也如此。

我必须做决定。我得给律所打电话。我得转交一下工作。一个好的事务所应该如同机器那样运转,每一个齿轮都在正确的时刻启动,在正确的时刻停顿,一个齿轮缺位时,另一个会顶上去。我在很长一段时间里都认为,我是那根传送带,缺了它,机器还会运转一会儿,然后便会嘎吱作响,卡壳,彻底停下。但是其实没有什么传送带,只有许多齿轮,而且即便是大齿轮,也会马上被取代,不管是被另一个大齿轮,还是被好几个小齿轮取代。假如我长时间不在岗，事务所不会停摆。不过不打招呼就直接缺席，这不合适。如果资深合伙人都无法重要到好似无可替代，那么他的合作伙伴便会觉得自己也并非不可或缺，从而丧失动力。

实际上，如果说每个人都不得不工作的话，那么正确的做法，或许是让人们可以自己决定停止工作的那个节点。从这个时间点开始，社会负担他三年的生活费，让他生活得体面和舒适。之后他就必须结束自己的生命，但是他可以自己决定如何告别。

我知道这个方案实现不了。然而，这个方案不仅仅能解决我们这个老龄化社会的诸多问题，还能赋予每一个人对自己生活的掌控力。如果有人二十六岁就不想工作了，且把他青春的最后几年视为他生命的最后时光，想无拘无束地去享受这几年，那他二十六岁便可以停止工作；如果有人一直不想停止工作，那么只要他愿意，就可以继续干下去；只不过他得做好思想准备，因为有可能他会被工作消耗得垂垂老矣，而无福享受那三年的逍遥日子。

反正，在职业生涯结束之后，我只需要三年，不会更多。我不理解那些去中国旅游——两天在上海，三天待北京，一天逛长城，五天躺在青岛沙滩的退休老人。他们在旅途中看到的并不比电视上的多。他们回到家，跟其他退休的人叙说远方，而那些东西，别人都已经知道。他们对自己的孩子们讲述的东西，孩子们并不想知道。当他们不再能够旅游，想要享受这些回忆的时候，他们已经把它们都给忘了。老了，终于可以去看世界了——多么愚蠢的想法。老了，可以看着世界历史继续向前，或者看着孙辈长大成人——这同样很愚蠢。既然知道一本书读不完，只能在中途合上，放在一旁，那为什么还要打开它呢？

用三年时间来做这类白痴的事情，足够了。三年啊！我想来想去，不知道该用哪些蠢事来填满这三年的时间。然而，继续从事兼并和收购，意义又在哪里呢？这双重疑惑令我不安。阳光充满暖意，令我昏昏欲睡。

11

直升机把我吵醒了。它不是从山上飞过来的，而是沿着海岸，拐进海湾，在沙滩和码头上空打转。然后跟来时一样，又从海湾拐了出来。它飞得很低，声音很响，轰隆作响的螺旋桨搅动着大海。

直升机上没有标志，看不出是警察、救援专用还是电视台的直升机。闪着光的金属，反光的窗户，轰鸣着贴着被搅动的海面飞行——这一切就像一场侵袭。我站起来，惊恐不已，思绪混乱。是安全局？伊雷妮搅到什么里面去了？她是非法生活在这个国家的，不过安全局不会为这事派个直升机过来，所以或许它不是安全局，更可能是有组织的犯罪，但无论怎样说，肯定是她干了什么很糟糕的事情。或者直升机里坐着投资者，计划把这个海湾开发为度假胜地？不会，这个海湾属于自然保护区，坐在直升机里的不可能是投资者，更可能是间谍或者黑手党，身着西装或皮夹克，带着笔记本电脑或者手枪，抑或两者都带着。我是不是该去警示伊雷妮？我能找到路吗？

我感觉自己不是一个人在屋檐下，环顾四周，发现几步之外站着前天夜里蹲在阳台上的男孩，卡利。他那双深邃的眼睛正盯着我。我猜不出他的年龄，因为他的样貌特征对我来说太陌生了。他应该不止十八了，这么大的孩子完全可以去提醒伊雷妮。

"你可以找到伊雷妮吗？"

"他们想干什么？"

"我不知道。但是得让她知道直升机来过。"

他点头，转身跑起来，大步流星，步伐匀称轻快。我望着他，听着他的脚步，直到他消失在山间的树林里。安静了片刻，我又听见了海浪在鹅卵石间穿过、涌回大海的声响。我眯上眼睛迎着太阳望去。

这时候直升机回来了。我先是听见了它的声音，接着看见它现身。它飞向老房子，而我正站在这屋檐下，它先是悬在空中，然后降落，停在海堤上，掀动着海面。然后发动机熄火，螺旋桨逐渐停止转动。飞行员走了出来，帮助乘客走下来。一个上了年纪、消瘦的男人，手拄拐杖，但有着一头茂密的白发，身姿挺拔，行动稳健——是贡德拉赫。

12

"是施温德派您来的？您又成他的代理律师了？他想要这幅画，是不是？"他看见我，朝我走来，拄着拐杖，精神抖擞，立刻开始一连串地发问。说话间他已经站到了我面前。

我讨厌他。当年我到他家拜访，他抓着我的胳膊时，我就不喜欢他。在我们的往来中，我一直感觉他居高临下，此刻，我更觉得他粗鲁。"您没有把那幅画给他吗？作为交换，他把伊雷妮交给您？那个您留不住的人？"

他轻蔑地哼了一声。"这都是小孩子把戏。那幅画属于我。

画失踪了,现在又出现。您的客户……"

"施温德不是我的客户。"

"那您在这儿干什么?"

"这跟您有关系吗?"

他挥一下手。"您一向很敏感。您这律师能当出点名堂来真的出人意料。伊雷妮什么时候回来?"

我耸耸肩。

"那我就来参观参观这里。她给自己找了块好地方,没有人会来,没有人打扰她,而这甚至都不必属于她。我得努力工作才能得到像这样的东西。"

他走了几步,但是马上又转回头,打量着我。"您在这儿……"他摇摇头,"我一直怀疑您,但难以相信,身为律师您敢这么做。"接着他笑起来。"不管怎么说,您的直觉很敏锐,比我敏锐。我要是能料到这幅画有一天会值两千多万的话……"

我看着他走进低处的房子后,又走了出来,走上楼梯到高处的房子去,消失在里面。他把手杖重重地敲在一级级台阶上,敲在房子的地板上;我看不见他,但好一阵儿都还能听见他手杖发出的咚咚声。然后安静了。飞行员坐到了海堤边,荡着腿,抽起烟。

13

我往农庄的方向走去,尽力地辨认着道路,去找伊雷妮。半路上我找了一块石头坐下等她。空气中又一次充满了松树和桉树的味道,充盈着蝉的鸣叫。尽管前一天下了雨,一切却很干燥,地上的草和灌木丛是棕色的,树木向天空伸展着枯枝。过了一会儿,远处传来吉普车的声音。

伊雷妮又是一副精疲力竭的样子。我对她说,贡德拉赫来了;她没有像我预想的那样,露出惊讶的神情,反而变得兴奋起来;她的眼睛放着光,脸颊有了颜色,声音也有劲了。她想知道他和我说了什么,我都告诉了她。"对,"她笑着说,"他就是这样的。"

"你在等待他?"

她点头。

"你把画交给美术馆,就是为了引诱他过来?"

她耸耸肩,不知是回避问题,还是同意或是拒绝,也许是不高兴我用了"引诱"这个词。

"施温德也来?"

"我希望。"

"在你把这幅画给美术馆时,有没有也想到我?"

"我有没有也想引诱你过来？我想再见一次彼得和卡尔。我没有想到你。"

我知道我没有这个资格，但还是感到很受伤。她觉察到了，尽管行车路上颠簸，她还是把手放到我的手臂上。我把她的手放了回去。"没关系，你应该用双手握住方向盘。"

"我想知道是什么留了下来。还有当年……我真的对他们来说只是战利品和缪斯吗？他们对我来说是什么？我想，我一定是爱上了他们内心的固执，还有义无反顾的劲头——彼得想要变得越来越富有，越来越有权势；卡尔非要画出完美的作品。他们都是着了迷的人，而我在寻找能让我痴迷的东西。我从母亲那里继承了一笔遗产，她让我去做我想要做的，也想要我由着她做她想做的事，我学了艺术史，在博物馆工作，我想……等我找到对的人，我就能找到真正的生活。在这种生活里，我会为某种伟大的东西着迷，为了它，我愿意付出一切。"

她为什么没有生孩子，而是后来收容那些流落街头的孩子？我没有问她这个问题，而是问她那可能留下来的东西会是什么。"是贡德拉赫依然想要越来越有钱，越来越有权势吗？施温德依然想画出完美的作品吗？"

她停下车。"我不知道。"

109

"是他们依然爱着你吗?"

"那就太傻了。"她沉默一会儿,然后慢慢地、犹疑地说起来,"如果我能重新认出他们,如果我能在自己身上找到,是什么让我曾经爱过他们,为什么我离开了他们,我就很高兴了。你拥有一个稳定的人生。而我的人生,就像一个花瓶,摔到了地上,四分五裂。"

14

伊雷妮和贡德拉赫见面时拥抱了彼此。他们相互抛去一堆问题,然后笑着说,问题实在太多太大了。余下的是简单的问题。他睡在这儿吗?飞行员呢?他们肚子饿吗?贡德拉赫提议让飞机送一顿晚餐过来,不过也乐意吃任何伊雷妮摆上桌的食物。在伊雷妮和我做饭时,他站在我们边上,撑着手杖,说着《纽约时报》的文章和接下来德国媒体的报道。《楼梯上的女人》在施温德作品集里占据着不可动摇的地位,但是它还从未展出过,而施温德对其藏身之处一直闪烁其词,更让它蒙上了神秘的色彩,使这次出人意料的展出——偏偏又是在新南威尔士美术馆——成为轰动事件。

贡德拉赫叫飞行员过来吃饭,之后又让他离开。他也想让我走开。在伊雷妮把蜡烛和红酒摆到桌上的时候，贡德拉赫问道："我们能不能单独谈谈？"伊雷妮笑着说："我在他面前没有秘密。"这话令我开心，即便事实并非如此。

贡德拉赫谈起了他的各种成就和他的孩子们，对企业前景和国家未来的担心，还有对自己一生成就的自豪。我听到了一个自我陶醉的人对自己所做的一番自我陶醉的总结，仅此而已，没有什么痴迷。当他问起伊雷妮的生活时，她也将问题引开，跟应付我的时候一样，丝毫不透露自己的情况。但他仿佛对此并不在乎。我搞不清楚他是像我一样过于客气，不便于表现出自己的恼怒，还是他已经了解了他想知道的有关她的事情，所以并不坚持问下去。每次伊雷妮回避他的问题时，他都会报以微笑。

然后他谈论起他的婚姻。他很幸福，他的太太是个好女人，不仅是一位很有成就的房地产中介，而且在他需要的时候还总是陪在他的身边。不过她太年轻了，以至于他经常感觉自己老了。他看着伊雷妮。"你那时也很年轻，但和你在一起的时候，我不觉得自己老。我知道，我那时候年轻一些，我们之间的年龄差距也小一些。但这不是全部。我现在看见画中的你，感觉自己又年轻了。"他微笑着，"我们拥有画像，就是为了可以让时间停驻。我那时让人画你，就是为了让你永远那么年轻,而我可以和你一起永远年轻。"贡德拉赫倾身向前,握住伊雷妮的手,"那时我把一切都搞砸了。你没办法和我生活。但是,把你的画留给我吧。"

伊雷妮抬眼望向大海。她的面庞色泽尽失,只剩下疲惫,只剩下憔悴。虽然她不愿跟我谈她有什么病,但显然,暂时摆脱这疾病的"休整期"结束了。她用手抚过贡德拉赫的脑袋,就像当一条狗坐在旁边时,你轻轻抚摸它的头一样,然后起身。她几乎都站不稳,而我想要站起来帮助她时,却被她投过来的一个目光制止了。她不愿意在贡德拉赫面前示弱。"晚安。"说完,她慢慢地走向楼梯,一步步向上,每迈出一步,她都要休息一会儿,积攒再上一级台阶的力气,再一级,又一级。我看着感到痛心。

"她怎么了?"贡德拉赫小声问道。

"您去问她自己好了,"然后我忍不住了,"您真的很夸大其词。您在经济和政治领域能如此成功,简直令人难以置信。我还本以为那也是需要一点体察能力才能做到。"

"您看人太简单化了。一颗诗意的心和一个商人的头脑——我不想拿自己跟拉特瑙[①]比较——可以并行不悖,我

[①] 指瓦尔特·拉特瑙(Walther Rathenau, 1867—1922),犹太裔德国人,实业家、政治家、作家。

既想与那幅画一起生活，又要那本该属于我的几百万，这并不矛盾。"

"您读过拉特瑙？"

"是的，我读过拉特瑙，还有韦伯、熊彼特[1]和马克思，如果以上这些名字对您来说有意义的话。我脑子里不仅仅有结算和盈亏曲线。如果我说对了，您当时帮助了伊雷妮的话，那么一旦我在法庭上把这件事给说了出来，您的律师生涯就完蛋了。您应该祈祷我不必为这幅画去打官司，不必起诉施温德，也不必起诉伊雷妮。"

他越说声音越大。我请他低点声儿，伊雷妮要睡了。

"她不妨听一听我要说的话。反正似乎这里的每个人什么都知道，您不坐在边上，我都不能跟伊雷妮说话。您明天去散个步，美美地、久久地散个步。您明白我的意思吗？"

这时，正当我在考虑要不要点头应允贡德拉赫，好让他少说点话时，卡利从暗处走了出来。他没做什么威胁性的动作，看起来却很有胁迫感。他看着贡德拉赫，把手放到嘴巴上。贡德拉赫呆望着卡利，仿佛看见了鬼。接着卡利就消失了，贡德拉赫深呼吸了一大口，摇了摇头。"我……我上床

---

[1] 指约瑟夫·熊彼特（Joseph Schumpeter, 1883—1950），奥地利政治经济学家。

睡去了。"

15

第二天早上,伊雷妮还没有起床,我就被贡德拉赫的手杖敲击楼梯的咚咚声吵醒。我穿上衣服,走到窗前,看见他站在沙滩上看海。还有飞行员,他一定是非常轻手轻脚地起了床,走到了外面。他又坐到了海堤上,荡着腿,抽着烟。

伊雷妮在叫吗?我去敲她的门,她微弱地喊了声"进来"。她躺在床上,头和枕头倚在墙上,看起来很糟糕,脸色苍白,面颊深陷,头发被汗浸湿,我真想马上让直升机送她去医院。我坐到床边,握着她的手。

"你怎么了?"

她摇摇头。

"你不是说对我没有秘密吗?"

她微笑。"只有几个。"

"让直升机……"

"我能缓过来。今天……你能给我拿一杯浓咖啡来吗?"

不管我怎么做都不对。违背她的意愿,抱她上直升机飞往医院,不对。帮助她用咖啡强打精神,撑过一天,直到晚上再精疲力竭，也不对。让她躺在床上，让我照顾她，直到身体恢复一些，这她不会愿意。我不能让她躺在床上而不去照料她。

"如果卡尔今天来怎么办？我可以等彼得和卡尔走了以后休息，明天或者后天。现在我得站起来。能帮帮我吗？求你了！"

于是我煮了浓咖啡，把咖啡壶和杯子送到她床前，还帮她从衣柜里拿来一个皮制的包包，她取出了一面小镜子、一些白色粉末、一个剃须刀和一个小玻璃管，我看着她把可卡因吸进鼻子里。在她去浴室的路上我还得扶着她。之后她就不需要我的帮助了，从浴室里走出来时她步履沉重但坚定，目光清澈。她看起来充满活力，跟昨天贡德拉赫到了之后一样。

"已经很迟了。我来准备早饭。你叫他们过来？"

在去海滩的途中，我看见一只船从海湾的尽头处转过来，当我来到贡德拉赫身边时，他也看见了那只船。船越来越近，施温德就站在小船舱的前面，在我们越来越清楚地看见他的同时，他肯定也越来越清楚地看到了我们。施温德和贡德拉赫都有时间做好准备面对对方，我则在内心诅咒这两个人下地狱。

16

施温德走下了那条正是送我过来的船。他向我和贡德拉赫点点头,审视了四周,确定无疑地向山坡上的房子走去。他还是那么高,一举一动比当年还要笨重,剃光了头发让他看起来更加魁梧,浑身充满力量。

当贡德拉赫和我走进厨房时,施温德正搂着伊雷妮。"你一直在哪里?我找过你,我一直在找你。"然后他看见了我们,松开伊雷妮,走向房门,抓住门,冲着我们叫:"出去!"。

伊雷妮笑起来。"你们坐吧。早饭好了。"她似乎享受着这一切:施温德的搂抱,他的发作,房间里的紧张气氛。

"我们还在这里干什么?我们启程吧,船等着呢。我们可以在石头港吃早餐,从悉尼连夜飞往纽约。我跟美术馆聊过了,只要你一句话,他们就会把画送往纽约,及时赶上我的大型展览。你还记得我们当年的这个梦想吗,在纽约现代艺术博物馆举办画展?"

伊雷妮点头。

"我们想象着开幕式,想象着致辞人,他们视我的画为杰作,视我为大师,想象着观赏者的赞叹。我们期待着在返回的途中穿过中央公园,幻想着酒店之夜——香槟、巨大的浴缸、可以俯瞰整个城市的大床。如今终于有这一天了。"

伊雷妮友好地笑了，愉快，又带着点距离感。"听起来不错。"

贡德拉赫受不了了。"扯淡！您在纽约的第一个大型展览，好几年前就办过了。也许您曾经梦想过这个展览，但对您的回顾展您根本不用再梦想了！因为它已经在柏林和东京举办过，现在去了纽约。难道您还在梦想？有个同行把您形容成一个精于算计的家伙，戏弄观众，操纵艺术市场及价格。我是个生意人，对我来说，这不是问题。不过，您不要用童话故事糊弄伊雷妮！"

施温德只看伊雷妮。他用那种我当年就已见识过的目光看着她，那种孩童般的、充满信任的目光。"你从来没来过我的任何一个展览，你不在，你的画也不在。下周的纽约展——这将是第一个没有遗憾的完美的展览。"

"这将是第一个没有遗憾的完美的展览。"贡德拉赫学着施温德的腔调说道，"您就是要这幅画，仅此而已。"

"他在胡说什么？"施温德看着伊雷妮，仿佛他俩都听见了一个蠢货在胡言乱语，"我跟策展人聊过了，向他解释了，长久以来你一直保管着我的画，我也理解没有你的同意，他不能把画送往纽约。这跟他有什么关系？"他朝贡德拉赫的方向点了一下头。

贡德拉赫还没来得及解释他和这画的关系,伊雷妮抢在前面,提醒大家说该吃早饭了。"咖啡还是热的,培根要冷了,鸡蛋得放进煎锅里。"她转向我,"你能去叫一下飞行员吗?也问问马克,要不要过来喝杯咖啡?"

17

等我和两位一起回来时,屋里已停战。施温德在向伊雷妮讲述他那些抽象的作品时,贡德拉赫没有打断他,而当贡德拉赫谈他那管理企业的继承人安排时,施温德也不插话。伊雷妮高居于二者之上,也在我们——飞行员、马克和我之上,我们说起了生命里的第一支和最后一支烟。我到她这儿以后,还没见过她如此有活力,如此神采奕奕,如此美丽。可卡因的作用能持续多久?

吃过早饭后,马克开船回去了。伊雷妮或者是我到时候可以开车送施温德回石头港。飞行员提出到时候也可以把他送过去,但是贡德拉赫发火了,说是他租用了直升机,需要它随时待命,飞行员应该去管管飞机,确保那玩意儿能在需要的时候飞起来。

然后贡德拉赫转向我们几个。"我们来讲讲道理。那幅画最后合法的所有人是我。您,施温德,说是从我这儿收回了那幅画——怎么收回的?基于那份合同?那合同没用。而且它在哪儿?不管如何,您都不会愿意在法庭上坚持说有这个东西,然后让媒体报道出来,说您用这个女人换了那幅画,因为那幅画对您来说比她更有价值。您……"

"媒体会听我怎么说。我会跟他们讲故事,告诉他们是怎么回事,让您——而不是我,被人们的吐沫淹没。那份合同……那有违道德,这一点我已经清楚了,但我同样也了解到,根据不道德合同取得的东西,是不可以被追回的。您在您家里把画交给了我……"

"交给了您?那画当时还在我的地盘上,还在我管家手里,正准备转交给您。这事没办成,那画被放进车子里,但那车已经不属于您了,而是属于盗贼——一个女贼,我们现在都明白了这一点——属于女贼和她的同伙。"

"如果您认为那幅画还属于您,那您为什么没有报失呢?为什么那幅画没有上失踪艺术品名录?"

"我为什么没有报失?因为我当时已经怀疑是伊雷妮偷了这幅画,我不想伤害她。"

"在失踪艺术品名录上登记一下怎么会伤害到伊雷妮?

如果您当时不愿意伤害她,怎么今天又想要伤害她?"

"我不想伤害她。她只需要对美术馆讲明白,那是我的画。它还可以在美术馆继续展出一段时间。您也可以把它作为借展品在您的作品展上亮相。"贡德拉赫转向伊雷妮,"但是得由你结束这一切。"

他看着她,一脸受伤的样子,我突然理解了他为什么会这样。为这幅画,也是为了钱,但更是为某个更重要的东西。伊雷妮笑了,贡德拉赫觉得落了下风,就像当初她离开他,而他未能重新赢回她一样。也许他在这之前就感觉到驾驭不了她——这个在他面前从来就没有放弃过反抗、拒绝和违拗的女人。伊雷妮是他生命中的败笔,而他不得不弥补这场失败。

他随即笑了起来,轻蔑且不怀好意地笑了。"再说一遍,一件件来。如果他那里——"贡德拉赫向我撇撇头,"还有那个合同,他疯了才会去把它找出来。没人会起草那样一份合同,年轻律师不会,资深的律师更不会说自己曾经做过。不,施温德,合同帮不了您。如果您认为您有伊雷妮做证人——伊雷妮也不会帮助您。你不会到法庭上去做证,伊雷妮。你……"

"你说得对。我不会上法庭。"她站起来,"那幅画……"

但贡德拉赫胜券在握,岂能容人打断。"你在德国被通缉,如果他们知道你在这儿,你会在这里被通缉。我不明白为什么没有人把你认出来。是因为你从来没被抓过吗?从来没被警察,那叫什么来着,做过人体测量吗?是因为警察没有一张好点儿的收监照,只有一张测速雷达拍下的照片吗?照片上的你还染了发,戴着墨镜,低着头,但我还是在通缉海报上认出了你,假如你再一次露面,也会有其他人认出你的。"

18

伊雷妮没有回答。她狐疑地看着贡德拉赫,仿佛她不知道应该如何看待他的这一提示,或者该如何看待他,如何看待自己。然后,她微笑着耸耸肩。"你要告发我?"

"你当初干了些什么?你了解我们怎样生活,我们怎样居住,我们都去哪儿——你的朋友们可以利用你这点。"

"我们?"伊雷妮嘲讽地看着贡德拉赫。

"我了解你。你的违拗,你的敌对,你的反抗。你不仅仅想要伤害我和他,"他朝施温德点了点头,"还有他,"他指向我,"你要跟所有人算账。你当时到哪一步了?你是不是曾想在某一天按一下门铃,仿佛一切正常?然后先开枪杀死哈纳斯,接着再杀掉我?"贡德拉赫越说越愤怒,"哈纳斯喜欢你,虽然他是我的管家,但他喜欢你甚于喜欢我,他当然会让你进门,你便可以十分轻易地……也可能先是我,然后是他……"贡德拉赫看着伊雷妮,仿佛眼下她正在威胁他。

"你以为我想要开枪杀你?"

"你不想,你的朋友们也会想,他们还会得到你的帮助。你以为我不记得了?我什么都记得——你憎恶我们的生活,你梦想着全身心投入一项伟大事业。参与到最激动人心的现实中去——你还记得吗?当我问起你,如果是在希特勒时代,怀着这种信条你可能会做出什么事情的时候,你固执地不说话。后来你觉得,这个艺术家是你想要的,然后就来了场革命。我这个男人你反正已经甩掉了,杀死他——对于这场革命来说根本不算个事!"

"没有人要杀你。没有人认为你有那么重要。你……"

贡德拉赫跳起来。他双手撑着桌子,向伊雷妮俯过身去,呵斥道:"假如你的朋友认为我足够重要呢?会怎么样?你会参与吗?你会开枪吗?"

我总是反应慢半拍,但施温德也没有做什么,只是在那里看着。卡利插了进来。不管他在哪里待着,在听见贡德拉赫激动的声音后，以为伊雷妮受到了威胁，便悄声来到贡德拉赫的身后，抓住他的上臂，把他按回椅子上。贡德拉赫面色苍白，不停颤抖，大口喘着气——我不知道心脏病发作是什么样子，但我想可能就是这样。

伊雷妮站起来，走近贡德拉赫，抓起他的手，摸了他的脉搏，摇了摇头：他没事。她搂住了他。

19

没有人打算说话。施温德皱着眉头看着伊雷妮将贡德拉赫抱入怀中。海水在卵石间涌动，一只鸟唱着四音调，不停重复。

"我是不会对你做什么的。无论生活怎样疯狂，无论我怎样疯癫……"伊雷妮摇摇头，"我失控了，挣脱了一切束缚着我的——以及维系着我的东西。那是一种令人上瘾的生活。之后我就犹如在戒毒，失眠，心脏狂跳，不时大汗淋漓。等到这种状态也过去时，剩下的只有巨大的虚无：一切都远去，色彩黯淡，喧嚣沉寂，我不再有任何感受。只剩下气恼。我没有想到自己会气成那样，尖叫，用拳头捶击桌子和墙，最后大哭，气到大哭……"

随着贡德拉赫逐渐恢复，伊雷妮放开了他，看着我们，挨个看过来，发现我们被她突如其来的自我袒露弄得不知所措，她笑起来，接着坐下，继续道："在东德，色彩也会比西德黯淡。外墙被刷为棕灰色，犹如勃兰登堡①的沙石，那些老石砖建筑也从未清洗过，帝国铁路时期火车车身的绿色日渐剥落，那些红旗和标语条幅也纷纷褪色。但那里的生活拯救了我。疯狂的岁月过去之后，住在那里犹如待在疗养院里，很多东西都缺，但是不缺宁静。没有夺人眼球的色彩，没有令人不适的音乐，没有出现在每一面广告墙上的色情暗示，没有诱人追逐的买卖。在疗养院里，一切一成不变，起码没有真正的变化，日出日落，按部就班。"

贡德拉赫不以为然地挥了挥手。"你不会是想要……"

"我没有跟你们开玩笑的意思。那些监管规训、拖沓敷衍、物资匮乏——这一切我都知道。但我并不为此感到痛苦。那情形……那情形就像我去拜访了一下阿米什人②。阿米什人的生活也是严格和简朴的，不同的是他们可以离开，那里却不行，但我也并不想走。停滞的时间，宁静，波澜不惊的生

---

① 勃兰登堡，位于德国东北部，为前东德的一部分。
② 阿米什人，大多生活在加拿大和美国俄亥俄州、宾夕法尼亚州、印第安纳州，以拒绝现代文明著称。

活——这些对我很有好处。全家人和朋友们一起干活，费心费力地去搜寻材料建成乡间小屋之后，一起庆祝它的落成；与全体人员一起去柏林看歌剧；假期里在施普雷林山中露营，划船；读容易得到的文学经典，也读了一些不容易弄到的书——这对我来说已经够了。"

施温德脸上露出了嘲讽的笑容。"一个毕德麦雅①式的田园牧歌？"

"也许吧，"伊雷妮跟着笑，"也许这个类比不赖。政治自由在毕德麦雅时期也不存在。"

"但是有漂亮的家具，可以前往法国旅行，那里玩够了还可以去美国。"

"我不需要漂亮家具。我也不需要旅行，"她又笑，"除非我不得不。我热爱萨勒河和温斯特鲁特河岸的快活，热爱梅克伦堡和波美拉尼亚的伤感，甚至喜欢被挖掘得枯竭的泥炭煤矿山。我也爱上了比特费尔德有些温热的夏日细雨，一种由湿气、烟雾和化工气体混杂而成的雾气。还有春雨，冲刷着破旧的街道，洗刷着冬天堆积在坑洞和裂缝里的灰尘。我还喜爱城市电车，虽然破旧，但它们可以只是电车，不必

---

① 毕德麦雅指1815年至1848年这段历史时期，在这一时期，中产阶级兴起，带来了文学、音乐、绘画等领域的变革，艺术开始转向家庭生活和非政治领域。

为可口可乐和修长的双腿打广告。"

"那里的浮夸和吹嘘也好不到哪里去。"贡德拉赫气愤了,"政治的真相是……"

"我和一个画家生活在一起。无论在哪里,生活都不仅只是充满了幸福和不幸、正义和非正义,还有美。也有丑,但是我享受了美,在那里曾经有过的、不会再有的美。"

"那你为什么没有在那里待下去?"

"这你是知道的。一九九〇年以后,'那里'不存在了。只剩下'这里'了,还有那个染了头发、戴着墨镜的女人的照片。"

"为什么你没有被抓住?"

"像其他人那样?因为柏林墙倒了以后,我就立即离开了。我的旧物件都在我母亲那里,包括我的旧护照,一九八〇年签发,一九九〇年过期,正好能让我来到这里。从来没有人用我的真实姓名寻找过我,直到德国统一,他们都只有那张照片,还有我在那里生活时用的名字。"她站起来,"我得躺一下,别生我气。我们五点一起喝开胃酒,然后一起晚餐?你今天可以像昨天提议的那样让人用直升机送餐来吗?你能把我送上楼吗?"

20

我扶着她上了楼,在床上躺下。在看了一眼她的皮包后,我让她安心:她尚有足够的可卡因,除了供今天晚上和明天早上所用的,还能有剩余。她在我离开房间之前就睡着了。

我回想起那些通缉告示来,它们有一段时间曾张贴在政府办公室和邮局里,在电视新闻节目结束后还播出过。我从来没有仔细看过那些告示。伊雷妮曾经出现在"恐怖分子"的分栏中过?出现过她那染过的头发、墨镜和低垂的头?因为参与谋杀、爆炸袭击和银行抢劫而被追捕?有携带枪支的警告?还有赏金?不,我记不起来了。

我太太在记人方面很有问题。我后来了解到,那叫面孔失认症,跟读写障碍和计算障碍一样,是一种神经缺陷,会让一个人不能正确感知和识别人脸。对于从事政治的人来说,这是一个严重的缺陷;我太太在这方面下了很大的气力,严格要求自己,生怕冒犯在工作中遇见的人。由于不知道这是一种神经缺陷,她很自责,觉得自己做人有问题,没有给周围的人应有的关注。在认人方面,我没有遇到过任何问题。

我在厨房和阳台上都没找到施温德和贡德拉赫。接着我听见海边传来了他们的声音,但听不清他们在说什么。他们应该是正坐在海边房子屋檐下的椅子上。

两人不再吵架。他们听上去倒像是在舔自己的伤口。会不会跟贡德拉赫一样，伊雷妮对施温德来说，也是生命里的一场失败？当年他会不会以为他本可以两者兼得，既得到那幅画——因为那是贡德拉赫欠他的，又不失去伊雷妮——因为她是属于他的？然而伊雷妮让他二者皆失，把他的画拿走了，而且没有回到他身边？

我想起了我的祖父，他有时候会说，他又梦见中学毕业考试了。我当年不相信，一桩陈年往事，在经过漫长的一生后，还会这样让人念念不忘。我祖父轻而易举地通过了他的毕业考试，读了医学，开了间诊所，事业很成功，却还会梦见中学毕业考试？施温德成了当代最著名、作品价格最高的画家，被学生崇拜，获批评家拥护，受女士们喜爱——却还会为几十年前一场可笑的失败而痛苦？至于贡德拉赫，如今他方方面面功成名就，有几百万的身家，是两个孩子的父亲，婚姻幸福，却仍旧对伊雷妮离开他这件事耿耿于怀？

或者正是这些小小的失败作祟，才总是让我们无法释怀？新车的第一道小擦痕比日后的大剐痕更令人心痛。那些小刺比大刺更难剔除，有的时候用针挑都没用，我们只有等待它们化脓流出。早年跌的大跟头让我们的人生转向一个新的方向。早年摔的小跤不会改变我们,而是会伴随着我们,折磨我们,成为始终去不掉的肉中刺。

于是补救的机会变得很诱人,它看似唾手可得,但终究只是假象——我开始理解贡德拉赫和施温德。并非因为我跟他们同病相怜。我当年和伊雷妮经历的东西,和他们与她所经历的,完全没有共同之处。

21

当我走到海边,来到他们跟前时,他们在谈自己的孩子和孙辈。有几个孩子,他们如何在世间立足,谁的孩子和孙辈更成功——有那么一瞬间我很想加入他们,吹吹我的孩子和孙辈。

我向施温德提了一个问题,从他来了之后这问题一直萦绕在我脑海。"您真的对您所有的作品都保留了决定权吗?它们的命运如何、卖给谁、借给谁都由您做主?"

"什么?"他不解地看着我。

"您当年对我说过,您不会让发生在伊雷妮那幅画上的事情,再次发生在其他作品上。您会掌控您的所有作品……"

他摇摇头。"我说过这话吗?这更像是您这种要为一切事情留下法律记录的人才会做的事。我不需要掌控我的作品。"他笑了,"只要我的作品能够征服观赏者就够了。"

贡德拉赫鄙夷地笑了一下。

我不知道,贡德拉赫的鄙夷针对的是施温德还是我。我不想跟他斗气。"一点了,五点我们一起喝开胃酒。您还不让您的飞行员启程吗?"

贡德拉赫不以为意地挥了一下手。"您想负责晚餐的事吗?让他记在我酒店的账上。"

我跟着一起上了飞机。我们沿着海岸飞行,下面就是大海,小小的海浪顶起白色的浪花,海面在阳光下闪闪发光,云彩阴影处的海水则显得阴沉黯淡;右边是岩礁和沙石、绿色和棕色相间的大地以及村镇和公路。我们老远就看见了悉尼,这个城市沿海岸线迅速膨胀。尽管我们戴着护耳的耳罩,飞机依然很吵,并且,在经过早饭间一番关于烟的谈话后,我们找不出话来聊了。我反正更喜欢往下看。从高处俯视,一切都变得顺眼:房子、花园、车子、公园、海滩、扬着彩色船帆的游艇,以及人群。然后我们飞过了这个城市的著名景点:海港大桥、歌剧院、植物园。人们正躺在音乐学院旁边的大草坪上——我也可以是其中一员。

我们在机场的边缘着陆,而不是像我想象的那样,降落在高楼的屋顶上。在出租车里，飞行员展示出自己作为厨艺爱好者的一面，向我介绍了尖吻鲈、鳄鱼肉和袋鼠肉，澳大利亚的甜点、澳大利亚葡萄品种和种植区，还兴致勃勃地列出了晚餐菜单。鱼子酱，尖吻鲈配香菇，袋鼠肉加坚果，帕夫洛娃蛋糕配西番莲，其间穿插一道史密斯奶奶青苹[①]冰沙，再伴以香槟、白苏维浓葡萄酒以及各种红酒：赤霞珠、梅洛、西拉。一些会冷掉的、我们无法提前准备好的菜，他会拿到伊雷妮的厨房做——一切都很好，我没有意见。我让他去跟厨师商量，自己坐到酒店的平台上，眺望海港。

我得给家里打一个电话了。即便我的孩子们不担心我，甚至可能都没想到我，他们也该知道我现在在哪儿。此时欧洲是早上五到六点之间，无论叫醒他们当中的哪一个都太早了。在我们家，一直都很井然有序：没有高声的吵闹，没有过度的示爱与喜悦，没有无所事事的懒散，尽可能多地工作，尽可能必要地休息，白日归白日，夜晚是夜晚。此时应该让孩子们睡觉。但我可以给办公室经理打电话，就算在家，他也照样管着所里的事务。

他醒着，仿佛此时正值大白天。"您生病了吗？您还不

[①] 史密斯奶奶青苹（Granny Smith），一种原产自澳大利亚的苹果，1868年由澳大利亚一位老奶奶成功培育，此类青苹也因此得名。

知道什么时候能飞回来？医生说没有必要担心吗？很难联系上您是不是？"通话质量很不好，他通过提问来确认是否理解对了我的话。"给您的孩子打电话？"他表示愿意效劳；他将转达我对同事们的问候，并且很确定可以代表他们向我致以问候。

我挂掉电话。我不曾拥有过船只，也从来不曾想拥有过；大海，新的海岸，还有陌生的港口，从未对我产生过诱惑。但此刻我感觉很棒，仿佛我打了这个电话便剪断了那根拴住我这只船的缆绳。

22

飞行员把厨事全包了。蘑菇和坚果只需要热热就好，尖吻鲈和袋鼠肉得做一下。我在阳台上摆桌子，用酸奶油、柠檬、洋葱和鸡蛋搭配鱼子酱，还找到一个可以用作冰桶的罐子，把香槟与从酒店冷藏柜里拿来的冰块一起放了进去。在从酒店到机场的路上，我买了一把玫瑰，红色、黄色和白色相间。我穿上了新麻布裤和新衬衫，当我五点一刻来到阳台时，贡德拉赫和施温德也从两个不同的方向过来了。

接着伊雷妮到了。她没有让我帮忙，我也没有提出要帮她，这是她的夜晚，她的舞台。她平静地走上阳台，穿着黑色上衣和一条黑色长裙，束起了头发，涂了口红，一条灰白珍珠项链在脖子上绕了两圈。她光彩夺目，微笑着，享受来自我们的赞赏。她接过贡德拉赫递过来的一只杯子，让我斟上酒，这时施温德从口袋里变出来一只别针，把一朵白玫瑰别到她的衣服上。鱼子酱如珍珠般圆润，尖吻鲈多汁，袋鼠肉细嫩，谈话在无关紧要的话题中打转。

直到我问伊雷妮："你现在知道了吗，是什么留了下来？你认出他们了吗？找到让你爱上他们的东西了吗？以及是什么让你离开了他们？"

我看不透伊雷妮看着我的表情。仿佛我将她从一场幻梦里拽了出来？还是她难以相信我竟突然插嘴？贡德拉赫和施温德显然非常惊愕，这我可以理解；他们来了以后，我几乎没有说过什么话。

"噢，是的。"她笑了，"我认出了卡尔的双脚，这双健壮有力的大脚让他稳稳地立足于这个世界。我认出了他的粗莽和信心，让我想起自己曾以为可以在这两者之间得到保护。我认出了彼得的意志和力量，他现在需要手杖了，而他挂着手杖走路的声音和他从前踩着皮鞋出场的响声无异，那时候他会让鞋匠给鞋底打上铁钉。我也回想起来他们曾经是何等雄心勃勃。当年,在他们面前,我经常觉得自己太年轻了,更像是他们的女儿而不是他们的伴侣。而现在,我几乎觉得自己是他们的母亲。我看到他们在这个世界闯荡,并且获得了成功,我为此高兴。当时离开他们是对的。孩子们长大了,母亲就得离开了。"

"母亲……"

伊雷妮用目光恳求我不要再继续说下去,别再提令人疑惑的关于角色的问题,不管是母亲这个新角色,还是战利品、缪斯这些旧角色。难道她只是想要美丽,受人赞赏,享受这个夜晚吗?

"你当年离开我们,当然不是你这个母亲要放我们这些孩子走向世界。你把我们引到这里,当然不是为了回忆他的双脚和我的鞋子。他问了什么?"贡德拉赫朝我点了下头,"是什么东西留了下来?你真的想知道我们那些共同的岁月留下了什么吗?还有你和他的?"这时他向施温德偏了一下头,"一桩逸事,仅此而已。它发生得很偶然——假如你当时不是正好在施泰德美术馆[①],碰巧那些日本人正好要找人讲解,而讲解员又恰好不在……假如另一位画家没有去罗马,我就

---

① 施泰德美术馆,位于法兰克福,是德国最重要的美术馆之一。

会找他而不是他了,"他又一次指向施温德,"假如不是他,"他又指着我,"把一切都搅得乱七八糟的话……这段偶然开始的插曲,也会以偶然结束,这件事已经过去了很久,生活继续向前。有什么……"

"您这样看待您整个一生吗?看作一系列逸事?"

贡德拉赫没想到有人会问这个问题,向施温德投去审视的目光,以确定他是否真的对这个问题感兴趣。"当然不是。我父亲把一个作坊做成了一家工厂,我把一家工厂发展成了一个企业。我的生活是有目标的。相遇再美好,改变不了道路和目的地的话,就只能是逸事一桩。"

"您的太太们、您的孩子们、您的孙辈……"

"他们是目标的一部分。我所成就的事业应该要继续下去——这在您肯定也一样。您看,我曾经帮忙攻打敌机,在德意志银行以学徒起步,一直做到行长助理,在第一次石油危机时接手了工厂,在两德统一之前将业务开辟到了美国,统一后又扩展到了东欧和中国。我们不必再壮大了。然而,尽管我们的世界不再变化,它却依然在变动,如果我们想要守住自己的位置,我们就必须保持变化。我的子孙能否做到这一点……一个家族企业的基因库是有限的。"

施温德微笑着问:"历史终结?"

"历史还会继续。但我们的世界不会再改变了。没有什么能再威胁它了,不管是什么意识形态,还是哪一群试图改变一切的年轻人。冷战结束以来,再没有能与我们的世界抗衡的选项了。请告诉我还有哪个国家不是按照资本的法则运作着——您举不出一个国家来。让穆斯林为之赴死的那位先知的法令也构不成选项。您担心穷人?只要电视开着,桌上有啤酒,他们就不会构成威胁,有这些就够了。"

23

"这听起来……"施温德在寻找合适的词,"很沉重,像铅一样。"

"您的作品像铅一样沉重吗?我对艺术不是很懂,但是在当年相遇之后……"

"一桩逸事?"

"对,一桩逸事。在那之后,我关注着您都画了什么,您怎么有名起来,画又是如何昂贵起来的。具象艺术,抽象艺术,将照片用为材料,把玻璃作为物体和图像,各种结构和色彩——什么您都玩过试过,像一个在他的哥哥姐姐们玩了一整天各种玩具之后才坐到玩具中间的小孩子,抓抓这个,抓抓那个。您是个可以驾驭一切、使用一切的艺术家,在您的艺术之外,没有其他选项。"

伊雷妮对施温德微笑。"你是这样的吗?"

"我……"

"我马上就说完了。您就是如此,因为世界不再改变。它保持着变动,但是在经济、财政、文化和政治方面的变动只剩下重复,它们改变不了世界。您的艺术也在变化,有时候哪怕在同一个作品里它都在变动。所以它很美。但是它不改变任何东西。"说着他变得严肃起来,"是的,我想要把伊雷妮的画重新挂到我的房子里。"

"艺术需要改变什么?我画了我所看见的东西。有时候我看见了本不存在,但可能会存在的东西,就把它也画了下来。尽我所能地画好。仅此而已。"

"我知道。您不想成为那种在其艺术之外别无选项的艺术家。但是,这个世界和艺术是可靠的、不可替代的、可控的,不管是谁参与进去,都只能这样,不会是别的样子。人们可以上演一出笑话或者制造一桩丑闻。但是即便如此也还是一样。"

"什么能让铅熔化?"

"我不知道。一场核武器战争,一次陨石坠落,一场可以抹去我们所认识的这个世界的灾难。但我不认为世界像铅一般沉重。我喜欢它这样,如其所是,您也喜欢它这样。它本来一直这样,直到各种意识形态把它弄得乌七八糟,现在它重新恢复了原样。这世界分为了富人和其他人,富人操心,其他人跟随。"

"操心……"

贡德拉赫笑起来。"操心不让一切改变。"

我朝伊雷妮看去,为她担心起来。可卡因的效用在减弱。随着疾病又一次掌握了控制权,她的脸上生出了倦容和绝望。她看到了我的目光,神情变得不管不顾起来,站起身,拖着沉重的步子走向楼梯,上楼去。

"我想起了那些女人,"施温德在回想充满希望和激情的六十年代末和七十年代初,"当时,那些女人出身不赖,美丽聪慧,出于政治信念,加上她们认为哪里先锋,哪里就有生龙活虎和激动人心的东西,纷纷成为左派。我在您那里遇见伊雷妮之前,就已经在大学里的一次讨论会中见过她了。她只是坐在那里倾听,但是从她的坐姿和聆听的神态来看——一目了然,那里正谈论着未来。"

"未来?"贡德拉赫发出轻蔑的笑声。

飞行员来了,我们收拾桌子,摆上甜点,之后洗碗,在此期间，我一直竖着耳朵听楼梯方向的动静。厨房收拾完毕后，飞行员在离开时拿走了瓶葡萄酒。我看着他离开，坐到海堤上，一边喝酒一边抽烟。他的烟在闪烁。天黑了。

24

然后伊雷妮走下楼来。她之前是在等天黑吗？我本来准备拿两根蜡烛到阳台上，但她告诉我一根就够了。

我没注意听贡德拉赫和施温德的谈话。他们一会儿提高声量，接着又压低声音。伊雷妮坐下来时，贡德拉赫问道："你还一直没说你那时候干了什么。"

"我有没有杀人？你是这个意思吗？我当时参与了。我那时还不知道什么都改变不了。没有人知道。我们想，既然有东边和西边，那或许也会有什么可以比两边都好。如今，这两个世界都不复存在了……我明白你在说什么。也许当年我在东德生活的时候就已经明白了。那个国家已经完了。意识形态的过度渲染、空洞的仪式、毫无结果的努力将它消耗殆尽。"

"为什么这么伤感？"

"你们有过这样的感受吗，就是感觉一旦走到那一步，到时候不仅你们会死，这个世界也将跟着你们一道毁灭？有人会说等你们死了，这个世界是否继续存在都变得无关紧要了。但其实不是这样的。"

无论是关于个体消亡还是世界终结，贡德拉赫都不关心。"你在这儿非法居留，靠什么生活？"

"我待在这里……并不难，只要在德国银行有钱，在这儿用信用卡支付和取钱，并不需要政府做什么。有点困难的是把画带到这里。哪有人路上带着这种行李的？"

施温德听着贡德拉赫和伊雷妮谈话，露出明显不耐烦的神情。"世界的终结，民主德国的终结——行了，行了。我只想知道怎么拿回我的画。我的画——我画的，在被他损坏以后，也是我修复的，"施温德用手指指向贡德拉赫，"我为此付出了代价……"

"付出了代价？"贡德拉赫发火了，"您厌倦了伊雷妮，把她给了我——您把这称为代价？我知道您为什么要这幅画，因为您再也没有像当初那样画过画了。自那以后，您不过是在艺术史中穿行漫步，亦步亦趋，沾沾自喜。"

"我是……"

"您是个才思枯竭的画家，只能悲哀地怀念着自己刚起步的时刻。您去别处痛哭吧。这里没您什么事儿，无论是道德上还是法律上都与您无关。对这幅画,您没有任何权利,您卖了它,对伊雷妮也没有任何权利,您背叛了她。收拾您的行李,让他,"他冲我点了下头,"送您回去。"

"真是个狂妄到没边的王八蛋!就因为您有几个臭钱吗?它可没帮您买到这个女人,甚至也买不到这幅画,不是吗?您就像搜集啤酒瓶盖儿一样攒着这些钱。您是个瓶盖儿收藏家,而您所说的那个没有其余选项的世界,就是个啤酒瓶盖儿的世界。您不明白?有价值的东西您是用钱买不到的!"

"哈哈,"贡德拉赫讥嘲道,"这位享受着全球化资本主义的画家原来是个资本主义的批评家。您的画为什么售价几百万?为什么不把它们捐赠给美术馆?"

伊雷妮想说什么,但插不上话,于是我打断了两人的争吵。"我们能不能……"

"我们的律师……"贡德拉赫挥了一下手。"他,"他冲施温德点了下头,"不管怎么样,至少创造出了一幅作品,画出了巨额财富,我做了我所做的,而您呢?我知道,大事务所,重要案子,但也总是在为别人收拾烂摊子——您就是条走狗。最先是他的,"他又向施温德点了下头,"然后是我的,然后是她的,"现在轮到向伊雷妮点头,"您最好闭嘴。"

"您有什么资格……"我不愿让他这样贬低我。

"一条走狗，"施温德高声大笑，"一条走狗。正如那些管家，他们以为他们是什么人物，其实不过是些走狗罢了。我还记得您的管家，一个恭顺的家伙，他……"

"他是个好人，比您好。虽然他从来没说过，但是他也想念这幅画，我很遗憾他无法见到这幅画回到原来的位置上。伊雷妮，"他就像对一个固执的孩子那样友好耐心地说，"我不想打扰你的安宁，不要警察，不要刑事诉讼，也不想为这幅画闹上法庭。我们不可能把当年搞砸的一切都恢复原样，但是那幅画必须回到它所属的地方。"

"又开始老调重弹了！"施温德举起又放下他的大手，跟当年一样，"所有的东西都有其所属之地，如果一个东西不在它的归属之地……收起您这一套，贡德拉赫。够了。让伊雷妮决定吧，然后就那么办。如果她把画给您，那就是您的，如果她……"

贡德拉赫摇头。"对于伊雷妮，只有一个选择，这点您和我都心知肚明。问我们的走狗吧。拍伊雷妮的马屁帮不了您，也帮不了她。"

"你怎么就跟这样一个王八蛋结了婚？这个贪婪的……"

"贪婪？您跟我一样想要那幅画。先示弱，说什么'让伊雷妮来决定'，您骗不了我，也骗不了她。您……"

伊雷妮站起来。她看上去很糟糕，老了，一脸病容，疲倦不堪。"我几周前已经把画捐赠给美术馆了。我不能给你们，哪个都不行。我只是想再见一见你们。"她看向我，我用右臂搂着她，用左臂撑着她，帮她走向楼梯，走上楼去。她穿着衣服上床躺下，我把毯子从她身下抽出来，盖在她身上。我身后的门还没关上，她就已经睡着了。

25

我回到阳台时，贡德拉赫和施温德已经再次找到共同语言。"她可以赠送不属于她的东西吗？"

"您本来应该在失踪艺术品名录上登记这幅画的。我相信美术馆一定查过，但因为这幅画没有登记在册，他们就完全相信她是所有者了。您如果想确认的话，不妨去问您的走狗们。"

"这出借展的戏只是为了吸引我们过来吗？她想从我们这儿得到什么？"贡德拉赫摇摇头，"女人啊！她们不明白，过去的事情就是过去了。要想往前走，就得把过去的事丢在后面。老是拖着过去的爱情和从前的友谊……就像旧衣服一样,它们会变得不合时宜。经年之后,它们已变味。"

贡德拉赫可能是对的,尽管如此,他还是令我生气。"您不是想让时间停下来吗?不是想要重新拿回那幅画,以便与年轻的伊雷妮一起永远年轻吗?"

"他说了这话?"施温德笑起来。

"和年轻伊雷妮的画一起永远年轻,不代表我一定要见年老的她。再说了,您到现在一直都没告诉我们,您跑这里来干什么?"

我站起来。"这很重要吗?"然后走开,坐到海滩上,听贡德拉赫和施温德猜测着我的来意,听他们把各自一路寻找过来的徒劳旅途,变成一个个值得一讲的冒险故事。接着贡德拉赫吹嘘起用他父亲名字命名的汉斯·贡德拉赫基金会,它资助了勃兰登堡和梅克伦堡地区的乡村教堂修缮工作。施温德认为,基金会应该是属于遗嘱的内容,是用来安顿太太和孩子们的,接着便谈起他来自四段婚姻的五个孩子,大谈艺术的民主化和平庸化,取笑针对残疾人的绘画疗法和为孩子们举办的绘画比赛。

我脱下鞋袜。海水很暖和,我脱了衣服,游进了明亮的月夜,游到我听不见阳台上的谈话,也看不见烛光为止。海湾的尽头,有一块倾斜到海面上的岩石,很光滑。我摊开身体躺下，石头存储了白日的阳光，温暖着我的背部，温和的风吹拂着我的脸、胸脯和腹部。

伊雷妮难道又想变回当年她为贡德拉赫和施温德扮演的角色？她在这儿扮演着母亲的角色，享受着两个人对她的欣赏，被他们的玩笑逗得开怀大笑，乖巧地描述着自己的生活——她在讨那两人的欢心。她是想引他们暴露自我，以便更好地看清楚他们是什么人吗？或者在他们面前，她只是又成了当年的伊雷妮？就像人们说，在父母面前我们永远是孩子，即便我们长大了，父母也老了。

这些与我毫无关系。我总是能很准地察觉事情与我是否有关，我知道这里发生的所有事情，都是伊雷妮、贡德拉赫和施温德的事，与我无关。随便伊雷妮如何表现，随便贡德拉赫和施温德如何折腾，我只是一个碰巧出现在这儿的观众。不知为什么，我突然生出一种负罪感——不是因为我当年帮伊雷妮偷了那幅画，不是因为我如今掺和进了她和他们三人之间的游戏，也并非因为我太太开车撞了树，也不是因为我很久没看见孩子们了。孩子们已长大成人，我的太太也是成年人，我今天基本上没开口说话，当年也没为伊雷妮做什么非我不可的事，她完全可以找其他人帮忙。我的负罪感没有明确的指向。就像虽然没什么好怕的，但依然焦虑万分，尽管没有发生任何事情就已经感到一阵悲伤。这是一种身体上的感受，尽管我对自己说，身体只能感觉出好或不好，觉察不到自己有没有罪，但这仍然是一种负罪感。我有些冷，于是游了回去。

房子十分安静，没有一丝亮光。卡利蹲在楼梯脚下，我们相互点头致意，我朝他笑了笑，但他没有理睬。阳台上还放着酒杯和开封了的葡萄酒，我给自己倒了一杯，坐了下来。我可以第二天去石头港，从那里给事务所打电话，让同事帮我查查，那个染发、戴墨镜、低着头的女恐怖分子被指控的罪名是什么。但也许贡德拉赫说得在理。那样的话，不管伊雷妮干了什么事，都是昨日世界的一部分，与我们的世界毫不相干。

我上楼就寝，躺在床上，留意倾听海浪声和鹅卵石的摩擦声。声音很微弱，我几乎听不见。我也听不见这座房子的呼吸。房子里有一种特别的躁动不安，仿佛伊雷妮无法让手脚静止不动，仿佛贡德拉赫在床上辗转反侧，仿佛施温德在睡梦中喃喃自语，飞行员在房间里叼着烟来回走动。仿佛这房子在颤抖，不是因为一阵狂风或某场地震，而是由于它承受着重压，因为它容纳了无法和解的人。我静静地躺着。

第三部

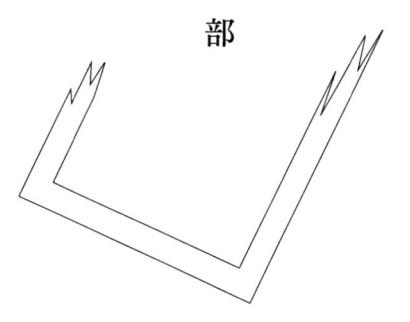

1

第二天早晨飞行员轻轻地敲我的门,把头伸进房间。他问我要不要一起走,施温德也一起走。他们可以把我带到悉尼,或者在石头港把我放下。不走?他挥挥手,轻轻地关上门。我听见这三人走在房子的楼梯和海边台阶上的脚步声;他们不说话,小心翼翼地走着。我想他们打算偷偷地走开,但马上对自己说,这个想法很傻。接着引擎轰鸣,螺旋桨叶片开始咯咯作响,发出呼啸,直升机升起了,声音变小又变大,仿佛它在海湾和房子的上方拐了个弯,然后飞走了。它把鸟儿吓得四处飞窜:它们发出很大的响动,拍打着翅膀,叽叽喳喳,惊魂不定。

看伊雷妮十点尚未起床,我便走到门口听听动静,没声音，敲了敲门，还是没声音，于是我走进她的房间。房间里不仅有一股疾病的味道，而且弥漫着一股屎尿的臭气，虽然窗户敞开着，但空气沉闷，刺鼻。伊雷妮睁着眼睛躺在床上，很羞愧地看着我，仿佛想将我赶出门外。

"走开。我马上起床。我只是有些虚弱。"

"需要我在浴缸里给你放水，还是你想淋浴？"

她哭起来。"这种事还从来没有发生过。我想起床走过去，但是我起不来，只能躺着，没憋住。"

"我马上来扶你。"我走进浴室，打开浴缸的龙头，把沐浴油倒进水里，确保水温合适，泡沫不多不少。我等着，直到浴缸满了。小时候我就喜欢泡澡；家里的浴缸是靠火炉和烧水壶来把水加热的，我喜欢把水弹到热水壶上，听水花溅开的声音。但这几十年来我都只淋浴。盆浴浪费时间。然而伊雷妮有时间，淋浴后躺到浴缸里对她有好处，在此期间我可以整理床铺。反正现在一下子有了大把的时间。

我去扶她，她用手臂搂住我的肩膀，让我半托半抱着。淋浴前我帮她脱了衣服，用花洒帮她冲洗，她则抓牢水阀。我没有给我的孩子换过尿布，不知道屎干了粘在皮肤上有这么难清洗。洗干净后，我把伊雷妮抱进浴缸。她在整个过程中都闭着眼睛，不说一句话。我也不说话。我把注意力集中在如何把她弄干净，同时不把自己打湿的问题上。尽管如此，我身上还是湿了。

但是我得先把一切弄妥，再去换衣服。我先把床上用品浸泡好，然后把它们和睡衣一起塞进洗衣机。我把伊雷妮的床垫拖到阳台上，洗刷后放到太阳下晒，再从别的房间里拖一个床垫到她的房间里，给她铺好床。我泡了茶，做了麦片粥，为她摆好。然后给她擦干，抱她上床，她依然不说话。

"我马上再过来，就换一下衣服。"

"其他人都走了？"

"是的。"

我站在门口，看着她，直到她笑道："别那么严肃地看着我！"

"你得什么病了？"

"等一下。你先换衣服。"

但到我再次来到她的房间时，她已经睡着了，等她醒来后，她又不想说她的身体问题了。她喝着温热的茶，吃着温热的麦片粥，想让我送她去那两个农场，因为需要采购，还要告诉梅勒德娜，今后她要负责给第二个农场的男人打针。

我给伊雷妮披了件大衣，用皮带把她绑牢在座位上，开着吉普送她到那两个农场去。路消失时，她就会给我指路，我试着记住沿路经过的溪流河床、水潭、树丛和岩石。也许下一次我就得自己一个人开车了。

到了两个农场后伊雷妮都留在车子里。她让我叫梅勒德娜过来,告诉她,尽管她不想,但现在她得负责打针了,并且交给了她采购任务。"带一些……"我刚开口,伊雷妮就知道我想说什么,接过话头:"对,我还需要尿布。"在另一个农场中,老妇人在听说伊雷妮以后不能来了、由梅勒德娜代替她来之后,满脸不快,既没有多问,也没有道谢。

伊雷妮望着她远去的背影。"海边的房子是我欠她丈夫的,我想照顾他,直到他去世,以此作为报答。现在他要比我活得久了。"她感到了我疑惑的目光,"胰腺癌。还有几周时间,或者只有一周,说不准。"

2

伊雷妮不喜欢一直躺在她的房间里,而是更情愿躺在阳台上。我从一个房间走到另一个房间,终于找到一张足够轻的床架,可以弄到阳台上去。之前洗好的床垫干了,散发着太阳的味道。

"你应该和其他人一起离开的,"伊雷妮躺着说,"现在你得待到最后了。"她笑了。

"是谁诊断的？"

"悉尼癌症中心的医生。"

"他们说没有办法了吗？"

她笑。"相信我，如果他们知道还能做什么的话，他们就做了。他们是吃这碗饭的。"

"你有没有再找一家医院看看？"

"我换了家医院得到了第二份诊断结果，咨询了治疗方法，甚至搜索了被报道的那些神奇疗法。而且我不想被你这么审讯。"

我感到委屈，因为我是好意，同时也为自己的笨拙而生气。伊雷妮看出来了，说："我知道。如果我能够……我更愿意活下去。"

到现在，这件事才让我心里一震。伊雷妮要死了。一位事务所的同事在去年度假时感觉特别没有兴致，也没有胃口，回来后去看医生，医生让他住院接受检查，三周后他死了。我的牙医从确诊到去世只间隔了两个月的时间。如果现在别人告诉我有人突然去世了，我会问"胰腺癌？"，结果都不会错。这是最恶劣、发展最快、死亡率最高的癌症。不过我也了解到，比较幸运的人不会受到疼痛、血栓和呼吸困难的煎熬，而只是感到越来越虚弱。身体直接停止工作，拒绝一切，向一切告别。幸运者在入睡后不会再醒来。

"你想要什么？我可以给你拿过来什么吗？"

"再给我个枕头。"

我给她拿来了枕头。当我准备离开时，她说："你能拿个椅子坐到我旁边来吗？"

"我得晾衣服。"

"晾完衣服再过来？"

她想要我干什么？我太太得肺炎时，也有一次要我坐在她床边，握着她的手。但她什么也没有问我，对我的问题也只用一两个字来回答，我不知道在她床边该做些什么。然后我就带了些案卷过去处理。伊雷妮房间里有一书架的书，也许我能找一本有趣的。

但当我坐下时，她问道："告诉我，事情会怎么发展？"

我不懂。

"如果我当年去了你那里，事情会怎么发展？"

3

有时候我会给孩子们讲故事。我一般都很晚才回家，他们都已经睡了。但如果我回家比较早,他们都还醒着的话,我太太就会坚持要我坐到他们床前,和他们说说话。然而我们能对彼此说些什么呢?一个四十来岁的律师,跟一个女孩和两个男孩——他们最小的九岁,最大的也才十二岁——能说什么?幸亏他们喜欢听我讲故事,讲一个小男孩在三十年战争①中的冒险,我饶有兴致地编这个故事。事务所当时购置了一辆车,聘用了一位司机,在回家的路上,我会坐在后座,拾起故事的线索,继续编织。但是伊雷妮现在想听的——我该怎么编织?谈她,谈我,谈我们?而在这场虚构中,我们还得以真实的模样出现。

"我不知道……"

她什么都没说,只是专注地、充满期待地看着我。

"我需要一些时间。"

她点点头,继续看着我。

"我……"我闭上眼睛,回想从前的画面:坐在墙头上、笑着一跃而下的伊雷妮;落在我怀里的伊雷妮;握着方向盘的伊雷妮;说我该下车了,用一个吻跟我告别,把我放下,开车离开的伊雷妮。我不喜欢这些旧画面。我不明白为什么

---

① 三十年战争,发生于1618年至1648年,是一场由神圣罗马帝国内战演变而成的大规模欧洲战争,造成了大量人员伤亡。

我答应了她的请求。

"我去村子里取我的车,然后开车回家。你有没有注意到,那个周六我把我的公寓收拾成了你可能会喜欢的样子?到了星期天我又在房间里走来走去,这儿拿掉点东西,往那儿再放上些什么,把这里或者那里弄得稍微乱一些,这样你就不会立刻看出来我这人有多么挑剔死板,反倒感觉我是个很有想法和主见的人。我生怕你不来,每时每刻都在向窗外张望,沏了一壶茶,结果忘记取出茶叶,沏下一壶时又忘了。

"然而你来了。你是走路过来的,我远远地看见你,你挺直的身姿,轻盈、坚定的步态——我何曾见过你闲散晃荡?你穿过马路,我跑到楼下,给你开门,我想伸出双臂抱你,但感觉现在不合适,对你来说还不是时候。

"喝茶时你问道:'我可以在这儿待几天吗,就像姐姐住在弟弟那儿一样?我有个公寓,但是卡尔和彼得都知道那里,我不想让他们在那里找到我。我也不想让彼得在某个酒店里找到我,被他质问——他会派人搜寻所有酒店。我也可以出去旅行,但是我想明天就回去工作。'

"'他们不会在你工作的地方找到你吗?'

"'不会,只要我跟馆长说,我不想让人找到我。'

"'那在去上班的路上呢?如果你到博物馆去……'

"'我知道的,我躲不了多久。只是这几天我不想看见他们中的任何一个。'

"我们坐在阳台上喝茶。我早上还在这里憧憬过我们俩在阳台上的共同生活——在这个或者在一个更大、更漂亮的阳台上,向往着生活在一个有着古木老树的花园里,梦想着结婚。我很想从你想藏在我家这件事中看到一个许诺,但我知道,你什么都没许诺过。我想到那些影片,影片里的男主角会直接将女人拉入怀中,她一开始不愿意,用小拳头捶打他宽大的胸脯,然而随后就会愿意,会温柔地抱住他。你难道知道我不会试图这样做?你认为我做不到?你在我那里会很安全?你会为此看不起我?

"这令我不安,直到你要留下来带给我的快乐占了上风。不管怎么样,我们有几天时间可以在一起。一起做饭,吃饭,聊天,读报或者读书,看电视,购物,散步。我望着你笑,你也报以微笑,为我既不强迫你,也不祈求你,没有发生任何闹剧而松了一口气。你告诉我画不见后卡尔有多恼怒,他和彼得吵了起来,他们都没有注意你,直到你跑到花园的时候才开始呼喊你。你把它当作一个滑稽的故事来讲,但你听上去并不开心——因为他们俩,因为你,或许也因为我而不开心,因为你厌烦了男人。我们在法兰克福的生活就这样开始了。我们……"

"我在哪儿睡觉？"

"睡我床上。"

"你呢？"

"睡沙发。"

她点点头。"你早上去事务所，我去博物馆？晚上我们一起做饭？星期天……"

4

"没那么快。星期二你的公寓被撬了。物业管理人员打电话到博物馆，由于没有少什么东西，他们估计撬门的人被什么吓跑了。你明白他们是来找那幅画的，结果什么都没找到，而对别的东西毫无兴趣。'也许他们明天会来撬你家的门，'晚饭时你说，'如果他们现在查出来我住在你这里的话。你觉得我应该把画送回去吗？'"

"不，我不会这么问。"

"这不是个真的提问。你抬高了左边眉毛，就像你现在这样。我们在想是否可以阻止他们进门。但是，他们如果明天不来，就会后天或者下一周来。最好的方法是不锁上额外的那道现代安全锁，让他们用万能钥匙就能开门。

"我们就这样做了，不仅是周三，周四和周五也是如此，但是因为不必撬开房门，他们有没有真的来这儿搜寻过，我们不得而知。什么都没丢。事实上，你每天去博物馆，早晨走得特别早，晚上回来得特别晚，以防卡尔或彼得截住你，我则去事务所，晚上我们一起做饭。星期天我们一起在阳台上吃早餐。那是一个金色的秋日，我们平安无事地度过了一周，觉得一切都会过去。你想尽快搬出去。而我在此期间了解到你喜欢歌剧，便邀请你去看《波西米亚人》①，你同意了。"

"我没有嘀咕吗？我就这么成了你和谐小世界里的一个可爱小女人？"

"我也可以不讲了。"

她笑了。"不要，但我们不能像一对老夫妻那样在阳台上过日子！"

我是可以的，只是她不行。"星期一卡尔兴格和孔策让我过去。他们说，很遗憾，我们必须分道扬镳了。有谣言说我进行了双方代理，虽然这只是个谣言，并且他们也很愿意相信，假如谣言演变成一次控告，一场官司，我能证明自己

---

① 《波西米亚人》（*La Bohème*），又译为《艺术家的生涯》，是意大利歌剧作曲家贾科莫·普契尼创作的四幕歌剧，首演于 1896 年。

的清白。但是这一切会拖得很久,而在此期间我会对事务所造成负面影响,我得理解。眼下已经有个重要客户表示,如果我继续待在这里,他会重新考虑是否还让事务所代理他的业务。'贡德拉赫?'他们犹豫了一会儿,然后对我说,他们不能说出名字,这一点我也得理解。"

"什么叫双方代理?"

"在一起法律事务里为两边的当事人做代理。贡德拉赫多面出击。不仅仅针对我,你在博物馆的见习工作也结束了。馆长说因为资金和空间有限,他只能留下几个随后准备录用的实习生,你不在其中,尽管这与他曾经考虑过并且告诉过你的说法不同,他非常遗憾。"

"那么,星期一晚上,我们坐在阳台上……"

"不,我们不在阳台上,而是去那家'Sole d'Oro'[①]——不管它叫什么,反正是去当时最好的那家餐厅,庆祝我们不必继续在法兰克福待下去,可以把我们的家具交给旧货商,打点行李,走向世界。我们自由了。"

---

① 意大利语,意为"黄金阳光"。

5

"这样很合我的意。"

"我们也这样做了。我们把我们的家具交给了旧货商,装好了行李。那幅画……"

"……在我母亲那儿。"

"画在你母亲那儿,而当我还在犹豫是去纽约还是布宜诺斯艾利斯,是坐船还是坐飞机的时候,你已经买好了去纽约的飞机票。"

伊雷妮全程都安静地躺着,手放在毯子下面,头靠在两个枕头上,眼睛始终看着我。现在她直起身来,把脚放在地上,试图站起来。

"等一下,我帮你。"

"我们在这儿坐了多久了?我得……"她止住话头,用询问的目光看着我。

"你什么都不必做。我说得太久了吗?那我不说了,去做晚饭。我们把午饭给忘了。"

"我得……要是我不那么疲倦就好了。"她又一次用询问的眼神看着我,我又一次没懂她的问题,也不知道是应该帮她站起来,还是劝她继续躺着。这时她闭上了眼睛,从床边滑下来,我接住她,把她放回床上。

时间不早了,天还亮着,但太阳已经躲到山的背后,马上就入夜了。我在平台下面找到一个水龙头和一个浇水桶,给伊雷妮枯萎的花园浇水,或许它明天能复苏,长出一棵生菜来。今天我们还有很多昨天的剩菜。不论如何,伊雷妮并不饿。她昏昏沉沉地、无言地吃了几小口,然后让我送她去厕所,再把她抱上床。

"我们明天必须去梅勒德娜那里。"

"为了购物的事吗?我可以开车去。"

"尿布……"

白天她还控制得了自己的身体,但她害怕夜里。我现在知道床单和毛巾在哪里,回忆起我太太是怎么给孩子换尿布的,我找出了一张用旧变薄的吸水巾,撕下一条,把毛巾变成四方形,再叠成三角形,放到她身子底下,给她绑住。

"学过果然就是学过,忘不了。"她试图开个玩笑。

我耸耸肩。她没必要知道,我其实并没有像人们所期待的现代父亲那样为我的孩子们做过这些。但我接下来还是说了。"我是个老派的父亲。换尿布、裹尿布都是我太太做的。"

她点头。"不管怎样,你还是时不时在旁边看过,留意过。你会跟你孩子说晚安吗?"她看着我,有一点害羞和抗拒,就像早上那样，但同时显得很舒服自在，好像躺在新铺的床上让她感觉很好。

"晚安，伊雷妮。"我弯下腰，帮她把被子拉上来，如同几天前那样，她用手臂围着我的脖子，这一充满信任的动作又一次打动了我，我站起来，迅速走了出去，否则，我会流出眼泪，不知道为什么。

6

接下来的几天就是这么过去的。伊雷妮一直睡到早晨，接着我帮她把床移到阳台上。有时候她能自己下楼，有时候得我抱她。有时候她甚至能战胜从阳台到海边的阶梯，一直走到海湾尽头的石堆，光脚踩在沙地上，任水环绕裸露的小腿。

她一开始不愿意，最终还是让我独自开车去找梅勒德娜了。梅勒德娜和我一起沿着一条被冲刷出来又长满灌木的路，一直开到它与公路交会的地方，绕开路障，终于在半小时后抵达了一家超市。我们大肆地采购了一番，随后我用信用卡付了款，我和梅勒德娜知道，这种狂购行为与这里融于自然的生活伦理格格不入，梅勒德娜要求我不要向她身边的人提及这件事，还建议我在伊雷妮面前也要谨慎。她把购物车装得满满当当，一方面非常兴奋，一方面又良心不安。

我没感到良心不安。但是在这个满是商店、广告、饭馆、汽车的地方，我感到一阵陌生，而超市里冷漠的强光、宽而空荡的走道、满满当当的商品，都让我感到厌烦。我算起日子来——十四天前我在美术馆遇见了那幅画，八天前我来到伊雷妮这里。而我感觉仿佛已经过了好几个星期。

有时候我会在上午照顾一下伊雷妮的花园，或者洗洗衣服，或者尝试着修理修理坏了的东西——一级裂开的台阶、一个漏水的龙头、吉普车的备用胎。我不紧不慢地做着这些事，思考着我们的故事该如何发展。但有的时候伊雷妮上午就想听故事的后续，那我就得即兴发挥，延展，放慢速度，点缀修饰。然后我们会略过午饭，我会在她阳台上的床边待到临近傍晚，一直讲着故事。

我诉说着这趟越过大西洋的航行，我们透过舷窗向远处眺望时远远地看见了另一架飞机，感觉就像在广袤的海面上遇见另一艘船一样，这是一份来自陌生世界的致意，而我们正在通往这个世界的路上。到纽约后我们在华尔道夫酒店[①]订了间房，然后像富裕的游客那样在这个城市游玩，直到钱

[①] 华尔道夫酒店，位于曼哈顿区，是世界知名的奢侈酒店。

被花光。我们登上了帝国大厦，看了自由女神，去了大都会博物馆、古根海姆博物馆和弗里克博物馆；我们从中央公园一直往北走，直到街区变得危险起来，又继续走了一段；我们大着胆子去了哈林和包厘一带，又在艺术家咖啡馆、俄罗斯茶室及绿苑酒廊[①]用餐。伊雷妮从来没去过纽约，也很久没看过电影了，很愿意听我讲讲如今的人在看了电影，或者实地参观了这座城市之后都会有什么想法。我们在华尔道夫酒店的房间有两张床，伊雷妮想要知道我们当中是否有谁曾提议两人同床共枕。但我认为这两张床有它的合理性，因为她并不爱我，只不过是喜欢我。

我们的日子如何安排，伊雷妮什么时候躺着休息，我们什么时候吃饭，我什么时候讲故事，都视她的情况而定。她不需要尿布，贡德拉赫和施温德离开之前的那天夜里发生的窝囊事再也没有发生过。但是她经常刚刚吃过饭就开始恶心呕吐。她也完全没有胃口。她会称赞我做的培根蛋酱意面、我的蘑菇意大利烩饭，以及我的匈牙利土豆炖牛肉，但实际上她真正喜欢的只有我做的沙拉。

我们的日子有种不言而喻的和谐，有点像我当年对我们

[①] 以上提到的三个地方，均为纽约曼哈顿的地标性餐厅。

在法兰克福共同生活的想象。我忍不住对伊雷妮说了一次我的感受。

"是的，"她微笑道，"然而这是临近死亡的生活。"

7

天一天天地热起来。海上没有风吹过来，以往四周的空气好像根本不存在似的，此时却犹如一层热布将我们包裹起来。鸟不飞也不唱了，园子里的植物也干枯了。伊雷妮禁止我浇水。"水马上就会很紧张。"

"你想搬到下面的房子里去吗？"

"也许明天。"

第二天她又说"也许明天"，接着下面的房子变得和上面这栋一样热了。夜里甚至更热，石头会把白天储存的热量散发出来。入夜并不能带来凉爽。

我向她讲述纽约的八月，我们一从有空调的大楼里走到街上，那股闷热就会像一块潮湿的热毛巾裹住我们。我们的钱用完了，开始找工作。我们也搬出了华尔道夫酒店。我们在哈得孙河边的一条街上找到了一家便宜酒店，两间房合用一个卫生间，邻居用卫生间时会锁上朝着我们房间的那扇门，如果他用完卫生间忘记把门打开,我们就得敲他的房门,要是赶上他出门了,就得找那个满脸不悦的看门人,让他上楼开门。我们只有一张床。

"那怎么办?"

"我睡地上。天很热,我不需要被子。如果我睡不着,我就爬出窗户,坐在消防梯上,望着路灯高照的街道和夜色笼罩的河流。有时候你也会坐过来。"

"我们都说些什么?"

"你在布鲁克林、我在麦当劳找到了服务生的工作,我们相互聊起工作上的事。你知道麦当劳有一所自己的大学吗?叫汉堡大学。如果我拿到工作许可证,工作获得认可,上大学这条路就会向我开放,他们在录用我的时候就向我许诺过。我先在厨房里帮忙,然后被调到了柜台,这已经让我很开心了。"

伊雷妮笑起来。"你不会就此甘心的,你是必须要做出一番事业的人。"

"但不是在麦当劳。我还是想当律师,并且已经了解到,没有这里的大学毕业证书,我不能在纽约参加资格考试,但是可以在加利福尼亚考。于是我想去加利福尼亚。而同时我们又很喜欢纽约,因为这个城市能给那些囊中羞涩的人很多机会。我们结识了一些人，有机会得到一处住房。但是接下来……"

我突然想起来了什么，不知道该不该把它讲出来。因为我不是随意地想到了什么，我第一次到纽约去旅行的时候，我还住不起酒店，于是住到了布鲁克林区一个朋友的朋友家里。一天早晨，我无意间走进了一家餐馆想要喝杯咖啡，我现在真的一下子设想到伊雷妮就在那儿当服务生。那家店和别的餐馆并没有什么区别，有家家都有的菜单，挂在吧台上方的电视也放着大家都放的橄榄球比赛，服务生也是同样带着有点直接粗鲁的友好，没有丝毫情色的氛围。

"然后呢？"

"然后我有一天去餐馆看你，瞧见你衣着暴露，正在招呼客人，就把你带出来，离开了那里，我们买了辆二手车，第二天就离开了。"

"你怎么可以……那是我的工作，不是吗？如果我自己不觉得有什么……你吃醋了吗？"

"随你怎么想。是我在说故事。在我们的房间里，我的目光得看向别处，到了餐馆里，大家就都能看你吗？"

"懂了。"伊雷妮微笑着。嘲讽？友好？怜悯？她凭什么怜悯地微笑？但这是我自找的。我感觉到故事在这儿的转折不自然，我应该随她去的。我并不想吃醋，而是想变得高大起来。我很想来一次英雄救美：在中央公园，从一个强奸犯手中把伊雷妮解救出来；在斑马线上，把她从一个酒驾司机的车前拉回来；在第五大道，从一个偷包贼手上把伊雷妮救出来。我想成为一个英雄。但我想不出一个看上去没那么可笑的行动，就好像我是想显摆自己。

"你喜欢汽车吗？我们的车很旧，是一九五六年那款雪佛兰贝尔艾尔，拥有绿色车身、白色车顶、白色侧翼和白色轮眉。车标是一个介于飞机和火箭之间的飞行器，在我们前方飞翔，我们只需要跟在后面行驶。"

8

这天晚上我把伊雷妮抱上床时，她挪到一边，指指另一边，让我坐下。

"你还记得帕西法尔①为什么什么都不问吗？"

"不是他母亲教导他说，不要提没有必要的问题吗？然

---

① 《帕西法尔》，德国作曲家理查德·瓦格纳创作的最后一部歌剧。歌剧的内容与中世纪圣杯传说有关，讲述了帕西法尔经过重重考验，最终得到圣杯的故事。因帕西法尔的父亲在他小时候战死，为了不让儿子重蹈覆辙，帕西法尔的母亲刻意不让他和外界接触，让他变得愚笨，以避灾祸。

后他太把她的话当真了，不是吗？"

"你为什么什么都没问？"

"第一天晚上你回避了我的问题，于是我想……"

"第一天晚上离现在已经很久了。"

我耸耸肩。"我的祖父母只会问我他们不得不问的问题。你想学钢琴吗？网球？舞蹈？我对他们也是只提不得不提的要求。我想去看话剧，看歌剧，和朋友们去西班牙度假——你们可以给我钱吗？直到有一天他们给了我足够多的零花钱，让我不必再为钱的问题去找他们。他们是真的很大方。"

"在你自己的家里呢？和你太太，还有孩子们呢？你会问他们很多问题吗？"

伊雷妮的这些问题让我不舒服起来。"我想该多提些问题的是我。结果倒是你在这儿刨根问底。"

"我很抱歉。"她把手放到我手上，"晚安。"

我坐到海边房檐下的椅子上，望着海水。海面像一面光滑的镜子，映照着弯弯的镰月，潮水从石缝间涌过的声响也消失了。我想念那声音，我宁愿看月亮在海浪上舞动。我有些生气。伊雷妮是想要分析我吗？做心理治疗？我对我的太太和孩子提的问题是多是少跟她有什么关系？有的家庭里问得多，谈得多，有的则问得少，说得少。跟我们的孩子之间，是我太太负责对话和提问。跟我太太——我们之间好的地方就在于不言自明，无须多问。她过着她的生活，我过着我的，她需要我的时候，我会在她身边。我需要向伊雷妮说明这些吗？我怎么会这么想？

帕西法尔。我记起来了，他第一次去城堡的时候没有问那位老人①究竟为何痛苦，没有解除他的苦痛，因此老人一直活在诅咒下，直到他第二次去才问了那个可以解除诅咒的问题。他是从哪儿知道应该在那时候提出这个问题的呢？我又该从何得知伊雷妮想要听什么样的问题呢？跟帕西法尔与那个老人的情况不同，我至少问了她的病情。

9

第二天我们驱车向西。这条公路有时会带我们驶过一座座长长的大桥，拐过众多的弯道，带我们越过它上面的或者钻过它下面的公路，领我们穿过城市的后方：破旧的街道、荒芜的停车场、被封住的房屋、垃圾堆及其身后高楼的剪影。

---

① 指歌剧《帕西法尔》中因伤口久久无法痊愈而饱受痛苦的安佛塔斯。他渴望摆脱痛苦而多次向圣杯祷告，直到圣杯显示圣谕："只有纯洁的愚者能拯救。"圣谕中"纯洁的愚者"指帕西法尔。

有时候，这条公路把我们丢在市中心的十字路口，让我们置身于信号灯、喇叭乱响的车流、拥挤不堪的人潮、商店和办公楼中间。这条公路有如一条宽阔的缎带，或平坦，或缓缓升起又下降，与指示牌上标示的城市和村庄远远地保持着距离，也同样远离工厂或农场。我们看见森林、玉米地、大片草地，草地上也许有几头牛，玉米地后面也许有个筒仓，或者冒烟的大烟囱，或者冒气的冷却塔。直到第三天，我们的眼前就只剩庄稼地了。辽阔的天空下，庄稼地一直伸展到天际，视野所及，非其莫属。与此同时，电台里的音乐也变了，我们听着班卓琴和小提琴，手风琴和口琴，关于女人和爱情的流行歌曲，关于战斗和死亡的简单民谣。新闻里报道着牛仔竞技比赛，争吵和斗殴，出生和死亡，学校和教会节庆，被车碾过的狗，跑丢的猫，拉错的警报，还有耶稣爱我们。多车道的公路收缩成两车道的马路，柏油在酷暑下闪闪发光。

我们开得慢，伊雷妮摇下窗，把椅背往后调，把腿伸出窗外。一首歌放了第一小段之后，她便能学会整首歌的曲调，跟着哼起接下来的部分。有时候一段新闻激发了她的想象力，她便会把它完善成一个故事。约翰·登普西怎么钓到夏季最大的鱼？十字路口咖啡馆的客人为什么事争吵？卡塔莉娜·菲斯克明明可以被救过来，为何不叫救护车而让自己死去？

"你怕死吗？"

伊雷妮闭着眼睛想了好久，让我觉得她可能已经忘记我的问题，或者是睡着了。她有时候会在谈话中途陷入其他思绪里，或者落入始终伴随着她的疲倦里。"那些我曾错过的东西……这是对死亡的恐惧吗？因为它将永远是我未说、未做、未体验过的？但其实现在已经是这样了，早就是这样了。我早已无法让事情回到正轨了。"

我该继续问下去吗？帕西法尔在提出那个问题之后有向老人继续提问吗？同情与冒犯的分界线在哪里？"你想把什么事情拉回正轨？是你染了发、戴着墨镜时做的事情？"

她睁开眼睛，看着我。"哦，那个……不是，我很想再见一次我的女儿，或者至少能知道她过得怎么样，她在干什么。"她看出我脸上的疑问，"我在东德结婚了，尽管我年纪有些大了，但还是意料之外地生了个女儿。我不想让我丈夫失去她。我消失得无影无踪这件事对他而言肯定已经够糟糕了，如果再把尤莉娅……他很爱我们俩，用他那种迂腐的方式。"

我很想问，你为什么选择了这样一个人。我也很想知道，她为什么丢下了她的丈夫和女儿，没有再与他们联系；在经历过那些染发和戴墨镜的日子之后,她到底在害怕什么。难道她真的杀了人?她是怎么对贡德拉赫说的?她说她当时是在场的。这可以指任何事。"我可以开车去石头港,给我的律所打电话,让他们查一下尤莉娅的情况。"

"你能在我死后做这件事吗?看看她是不是需要什么,确保她能得到我母亲剩下的遗产?"她抓住了我的手。

我感觉不舒服。如果尤莉娅真的有什么需要怎么办,比如需要一份职业培训?一次医疗保险不能赔付的治疗?一场心理治疗?戒毒治疗?假如她不仅仅染上了毒瘾,还贩毒,或者做了娼妓来买毒品,或者犯了小罪,甚至是大罪呢?用这笔钱去请辩护律师,或者进行治疗,或者报名参加职业培训也就罢了。如果要我到柏林的街头找,夜复一夜,最后找到一个蠢笨粗俗的家伙,我还得想办法把她变成一个像样的人——假如碰上这种情况呢?对做别人孩子的教父这种事,哪怕是好朋友的孩子,我都是拒绝的,因为这种责任对我来说太重了。但是我还是对伊雷妮点了点头。

"同意?"

"同意。"

"她是个可爱的孩子。我走的时候,她正进入叛逆期,但她没有真的变得叛逆,只是会表现出不乐意的样子,噘着嘴，含着眼泪，只要我解释了原因，告诉她为什么不能得到想要的东西，她马上就会没事。"

伊雷妮哭了起来。我先是听见她轻轻啜泣，接着大声号哭，我都无法认出她的面孔来了，皱紧的额头，张开的嘴巴，她来回甩头，直到最后把脸埋进枕头里。

哭泣——这个女人用来将我们置于不义的招数！我无法忍受这个，当我太太明白玩眼泪是不正义的，知道我极其厌恶且拒绝理会它之后，就再也没在我们的婚姻中哭过了，这令我对她刮目相看。我可以骄傲地说，我的孩子们也不爱哭：大女儿八岁时把胳膊摔断了，她抱着断胳膊从游乐场跑回家，跟我太太和我一起开车去医院，全程没有流一滴眼泪。

但是我该怎么和伊雷妮说？告诉她我不对她的心碎负责，她的眼泪洒错了对象？她哭个不停，始终抓着我的手，让我没办法直接走开。最后我实在不能继续忍受她的哭泣、埋在枕头里的脸、抽搐的肩膀以及我身处一旁的尴尬，便将她抱住，轻轻摇晃她，发出抚慰的声音，直到她睡着。

在我怀里醒来时，她友好地，甚至是快乐地看着我，微笑着说了声"谢谢"。我不明白她谢我什么，但也不想问是什么令她这样快乐，于是回以微笑。

10

中西部的庄稼地开始收割了。伊雷妮有一次曾经见过收割机排着队开过庄稼地的照片,便问道:"机器在哪儿啊?"在她的记忆里,收割机上飘着旗帜,司机有男有女,一起开怀大笑——更像是苏联的宣传画而非美国的现实,但是在中西部的收割机上出现几面旗帜也没什么不好,而男女司机的脸则是我们在汽车里看不见的。这样在我们数小时的车程里,不时有收割机出现,有时候好几辆排成一排,多数时候是单个的巨无霸,它们都挂着旗帜。

我们在汽车旅馆中过夜。房间总是很大,放着两张床,一台电视机在天花板下的墙上挂着,旅馆大厅有个自助饮料机,里面有可乐和雪碧,还有冰块,入睡前我们躺在床上,一边看着电视,一边喝啤酒、吃薯条,这两样都是在上一个居民点买的。

"我思考着在旧金山等着我们的会是什么,我们在那里怎么立足。我想说说这事儿,但你不想,你不愿意做计划,而是要看看事情会怎么发展。我想,你一定认为我这人格局小——你到底为什么给自己选择了一位迂腐的丈夫?"

她又一次那么看着我。

"你不要想错了,我不是嫉妒。我就是感兴趣,你为什么做了你所做的那些事。我的问题太多了吗?刚刚你还想要我多提些问题。"

"没有,我没有嫌你问题多。赫尔穆特就如同东德。他的可靠,他那种监护人般的关心对我来说挺好的。我认为你什么——我不记得了。你气度小吗?"

她这是什么问题!我对一切都很认真,有时候大概太认真了,我干什么事都很细致,有时候又或许太细致了,我总是不能理解,为什么人们在困境中还要意气用事,而不是理性地解决问题,并且我发现常常就是些小细节让人栽跟头,导致失败。但我既不斤斤计较,也不睚眦必报,也不吝啬。气度小?可笑。

于是我不理会这个问题,开车带着伊雷妮穿越落基山。我们经过很多森林,以及平静的和湍急的河流,流水从高处岩石坠入深渊,远望是一道精致的银色光束,近看则是奔腾而泻的呼啸水瀑,山峰上覆盖着白雪,天气变幻莫测,猛烈的风暴在山间回响,犹如一场战斗的喧嚷。我很想把伊雷妮从熊掌中救下来,但是我们一只熊也没有遇上,我也不知道该怎么救。而到了休息区,一条流浪狗朝我们跑来,是一条黑狗,嘴、胸和爪子都是白的,间或有黑色斑点,半畏惧半亲近地索要着什么，我们走到哪儿它就跟到哪儿，在我们身边跳跃、转圈。我们开车上路，打开窗户，伊雷妮把双脚从前窗伸出去，它则把头从后窗伸出去，贪婪地享受着世界的气味。

"这狗叫什么？"

"我不知道。你说吧！"

"这是条公狗还是母狗？"

"一条母狗。"

还没等告诉我狗的名字，伊雷妮就已经睡着了。天色已晚，但还是很热——干燥、灼人、如烘烤一般，好多天以来我们都是在这种酷热中醒来，又睡去。我用番茄罐头做了个西班牙冷汤，伊雷妮吃了几勺后又睡着了。我让她在阳台上睡，也给我自己搬了张床垫到阳台上。那里并不比房子里凉快，但可以呼吸得畅快些。

半夜里我醒了，想起了一些事情。我把那条狗描绘成了孩子们有一天在体育场遇见后带回家的那条。他们经常在下午和朋友们到体育场相聚，在那里发现了它，它没有主人，身上也没有狗牌子，他们都喜欢上了它。它也的确很亲人，我太太坐在沙发上时，它会在她身边躺下，把头放到她的腿上，我太太喜欢说它是自己温暖的小棉袄。我没有同意他们把它留下。我嫌弃它把家里弄脏，孩子们跟它玩的时候把家里弄乱，它还毁了毕德麦雅风格的沙发，当我太太不在沙发上坐的时候，它有时就会对沙发又舔又咬；我也不喜欢有朝一日，一旦孩子们对它失去了兴趣，就得由我带着它出去溜达。它离开了，对此没有人抱怨。

我一直认为自己是个大度的丈夫和父亲。在家里，我太太想要什么帮手，她都能得到，此外她还有自己的车；凡是对孩子们的成长进步有助益的，他们也都能得到，即便那是些他们以为需要，但其实并不需要的东西。但我是不是有的时候在小事上还是有点斤斤计较了？我怎么知道孩子们有一天会对狗失去兴趣？我又怎么知道，失去它不会让我的太太和孩子们难过？他们没有抱怨是不是因为我们家里本就不大习惯谈论事情？我们之间还有哪些东西没有说出来？

我想到我太太的车祸。我仰面躺下，枕着双臂，望向天空。我认得澳大利亚和新西兰国旗上的南十字座，我四处找它，但找不到。银河[①]令我想到我母亲，我几乎没有关于她的记忆，但是我知道，她是通过剖宫产生下了我，以及她没有给我喂过奶，因为那个年代医生不主张在剖宫产后喂奶。

[①] 德语中的"银河"一词直译为"奶河"，故有下文的联想。——译者注

一个小亮点从夜空划过,我用眼睛追随着它的轨迹,睡着了。

11

伊雷妮喜欢从落基山到太平洋的旅程。那明亮的阳光,那棕色的枯草,在晨光和晚霞中发出金色的光芒,那一排排整齐排列的果树,它们的树影会在夜间有节奏地掠过汽车,那些葡萄园不在山坡上,而是位于山谷中,还有那些地名都暗示着当年曾有西班牙人和俄国人在这里居住。伊雷妮想象着来自塞瓦斯托波尔的人,他们是怎样找到从克里米亚到加利福尼亚的路,并在这里建立了另一座塞瓦斯托波尔,寒冷的夜里葡萄丛间火炉烧得火红,春天里那些果树缀满粉红色的花朵。在到达太平洋之前,从我们越过的最后一道山脉的高处,我们看见云雾悬挂在山谷里和海面上,雾很重,似乎连太阳也无法驱散。接近中午了,我们坐到棕色草丛里,喝着从途经酒庄里买的红酒,脚边趴着那条狗。我们累了,打起了瞌睡,睡着了,醒来时云雾消散,太平洋在正午的阳光下闪烁着。

"我一动不动地躺着。我们睡着时,你把身子转向我,把一只胳膊搭在我的胸口上。"

伊雷妮微笑。"你变勇敢了。"

"是你把手臂搭到了我胸口上，不是我搭到你身上。"

她笑道："明白。然后呢？"

"你醒了，手臂还在我的胸口上停留了一会儿，然后站起来，望向太平洋。我也站起来，你把你的肩膀靠到我的肩膀上。"

"我手臂放到你胸口上，肩膀靠着你，给你什么感觉？"

女人总是要听别人说他们什么感觉！她们知道了还不够，还必须要人说给她们听。就像在军队里，光是尽忠职守还不够，还必须每天早晨参加升旗仪式，宣示忠诚。这是一种收为己有与俯首称臣的仪式，我不让我太太跟我来这一套，她有一天意识到之后也放弃了。从某一时刻起，她不再问我有什么感觉。

"不错。"我说，我们开车来到海岸，沿着海岸线，前往旧金山。伊雷妮看过《群鸟》，在博迪加我指给她看电影里的校舍。然后我们走向海滩，沿着海岸漫步，我告诉她平静的海水会突然翻涌出巨浪，卷走太靠近水边的人，不再送回。

我一下子为她害怕起来。她没有选择，她必须走在危险的边缘，癌症将卷走她，不再送回。

我们驱车经过金门大桥时，太阳正在落山。它钻进云雾里，太平洋瞬间变得灰暗、无情、拒人于千里之外。然而城市还亮着，我很想听电台播放那首我曾经听过并且很喜欢的歌，唱的是旧金山或者加利福尼亚，或者二者皆有，可我想不起歌名，只能想起一些零零碎碎的旋律。我对伊雷妮哼了一下曲调，她也知道这首歌，但也想不起来歌名了。随便它去吧——我们到了。

"我们到了。"我对伊雷妮微笑着说。

"是的，"她微笑着回答我，"我们到了。"

12

我这辈子很少生病。如果我病了，就会遵循我祖父母的教导：尽量少工作，减少需求，克制欲望。人一生病，就起不了什么作用了，这已经够糟糕了，因此，其他人的作用也应尽可能地不受干扰。我和我太太在家里也是这样去做的。我们生病了，可以躺在床上，不必像战争中的人们，生了病还不得不在满是泥泞的坑道里战斗，或者在冰雪中逃亡，或者在寒冷的地下室里等候轰炸，为此，我们应该觉得满意和感谢万分，难道不是吗？

一开始，伊雷妮差不多也是这样。她只在确实无计可施时才会求助于我，之后会露出尴尬的神情，会道歉和感谢。

但随着时间推移，我的帮助变得日益理所当然，伊雷妮的需求和愿望越来越多。她要少食多餐而不是一天三餐；除了在卧室之外的阳台上安床，她还要在阳台的这边和那边、在海边房子的屋檐下、在楼梯旁的槐树下安床；她不再请我给她倒水，而是直接说"我渴了"，不再说"谢谢"，而是笑一笑，或者干脆什么表示都没有。如果她恶心，而吐过之后也没有让她好受一点，还得继续吐的话，这时要是桶离得太远或者纸巾没有放好，她就会对着我大嚷。

这令我不太舒服。我不能想象她自己愿意让别人这样对待她。她怎么能如此对待我？癌症或者时日不多就可以给人特权吗？我不这样看，并且下定决心自己在类似的境遇下，不去要求特权。但是，就像我所做的那样，也许我没办法拒绝她尴尬的请求和狼狈的感谢，并说一切都是我应该的，然后又让人不要把我的话当真。也许把我的帮助看得理所当然倒是件好事。也许公平并非总是最重要的。

在我们抵达旧金山的那天晚上，她又变了一个样。如果她需要什么，她会说"请"；如果她得到什么，她会道谢；如果她给你添麻烦了，她会请求原谅。她似乎又想在我们之间拉开距离，把我变成一个可以摆脱的人，而不是这个已经绑在一起的人。她让我想起我的小女儿。她在夏令营里发现没有我们也不成问题，回来以后就让我们感觉到她是独立的，我们不应该继续自然而然地认为她属于我们。伊雷妮在渐行渐远。

"我可以自己来。"她说，在吃完晚饭后，站起身向楼梯走去。

"你想在哪里睡觉？"

"在阳台上。"

她走上楼梯，步履缓慢，艰难费力，向前弯着腰，用手撑着台阶。我站在那儿准备帮助她，但她不需要。

我洗好碗，收拾好厨房，摆好第二天早晨桌上的餐具。然后我把酒瓶里剩余的红酒都倒进杯子里，拿着酒杯去了阳台。我听见伊雷妮从卧室去浴室，洗了个澡，回到卧室。天气很热，与白天一样热，也与前一天的日与夜一样，而我发现我喜欢夜里的暑热。这是褪去了锋芒的暑热，热度不减，但是变得温和了。

接着我听见伊雷妮的喊声，便走进厨房。

13

她从楼梯上走下来。她有意用右手触摸墙，好在需要的时候支撑自己,但是她笔直地站着,稳稳地一步一步往前走。她的头微微倾斜,看着我。她赤裸着身体。

她走下楼梯的这几十秒钟里,我脑子中闪现了多少念头!她一定是服用了她最后的可卡因。相比于脸上、脖子上和手臂上被晒出的褐色,她的身体是如此苍白,死人般的苍白。这身体是何等疲惫,乳房疲软下垂,腹部的皮肤松弛,而同时它又是何等美丽,疲惫的美丽依旧美丽。美术馆里那几个未成年的孩子对她臀部、大腿和双脚说的都是些什么话,毫无道理。而我想象出的所谓柔情和诱惑、反抗和拒绝,也是那么没有意义,她只是一个有着自己独特生活的女人罢了。她何等勇敢地度过了自己的一生,而我又是怎样胆怯地过着我的人生。对那些被她收留的孩子们,她所付出的爱胜过我给予自己孩子的爱。她身体展现出的疲惫让我感动。这份情感与欲望是何等接近。

她在用眼睛说话。她在为我扮演一个角色,但不是在演戏,我们都知道她不是那个年轻的伊雷妮了,而是已经老去;我也不再年轻,已入暮年;在她生命的这个节点上,除了爱,她不能再给予更多了,她邀请我也这么做,向自己承认,这是我想要的。她也同样享受这场游戏,这场自我重现,还有我欣赏的目光。

然后她走到楼下，将她整个身体投入这场拥抱中，我们彼此胸口相依，腹部相贴，大腿相靠。我的双手抚摸着她的皮肤，它犹如丝纸，柔软，干燥，有一点不平。我知道，我马上就要把她抱进她的房间。但是不用着急。

14

第二天我把她房间里的两张床合为一张双人床，把阳台上的两个床垫挪到了一起。我有些犹豫要不要在阳台上与伊雷妮睡在一张床上，因为卡利随时可能出现在那里。但是她摇摇头。"他觉得我有危险的时候才会过来。比如有架直升机、一艘船，或者其他陌生人出现的时候。"

伊雷妮再也没有像服用最后一点可卡因的那天晚上那么有生命力了。我们也没有再做爱，她太羸弱了，只要我们能相拥，她就很满足了。有一点变了。她依旧要听我讲故事，但是在我们到达旧金山，互诉衷肠之后，她想听点别的。"跟我讲讲，假如我们在大学时代就相遇了，会发生什么？"

"我们怎么会在大学时代就相遇呢？你关心政治，有一帮仰慕者，获邀参加各种开幕式和聚会，很快就结婚了——我除了去听讲座、参加研讨课、上图书馆之外，哪儿都不去。"

"但你现在知道了,你可能会遇见我……你从来没去过'山洞'吗?"

"没有。"

"但是你知道那是什么,以及在哪里吧?"

"那就是说我每晚十点不是从图书馆走回家,而是去'山洞'。一家位于地下室的两层酒吧,上面是吧台和桌椅,下面是舞台和舞池,烟雾缭绕,几个年轻人在演奏爵士乐。那音乐没有旋律——那是自由爵士吗?全身黑色,黑裙,黑牛仔,黑套衫,黑外套,这就是存在主义吗?在所有人坐着、起身、点烟和吸烟、举杯和干杯的一举一动中,处处体现出来的漫不经心就来自于此吗?这就是为什么那些男人明明想接近漂亮的女人,却一脸冷漠地看着她们,而女人们看着男人,仿佛觉得他们很烦人一样吗?我环视四周……"

伊雷妮大笑。"你从哪儿得来的这些对新浪潮的刻板印象?六十年代末没有人穿黑色,女生们都想弥补中学时代在家乡错过的东西,男生们喜欢用一些关于批评理论和革命实践的大词来赢得我们的注意。这一切你都没听说过吗?"

"我不是跟你说了吗,我什么都不管,一心读书。"

"之后你就工作,进了律师事务所,接管了它,让它越办越大,仅此而已吗?"

"那你想要我怎么样,我不明白。"

"我不要你怎么样,"她抱住我,"我只是在想象你的生活。你紧闭的盒中人生。也许对于一个生活在盒子里的人来说,外面的世界必然充斥着陈词滥调。"

我不知道该说什么。因为工作需要,我常常去国外出差,总是睁大眼睛观察世界。在家里我订了两份报纸,首先关注经济和金融,也阅读政治和文化。我对全球时事的了解胜过大多数人。只是因为我不熟悉六十年代后期大学生里时髦的东西,就说我过着一种紧闭的盒中生活?

她感觉到我在怀里的抗拒,把我抱得更紧了。"在你孩子上学期间,你从未去看过他们吗?你有跟他们一起去他们常去的酒吧,或者参加他们的聚会吗?"

"我的孩子们十四岁就去英国上寄宿学校了,也在那里上了大学。我到剑桥参加了毕业典礼,以及一些隆重、严肃的重大场合。我最小的儿子在跟牛津的划船比赛里获胜时,我也在场。"

"你们经常见面吗?"

"他们留在英国了,大女儿和二儿子成了律师,小儿子有一家自己的软件公司。每当有孙子或孙女出生,或者他们三个一起办聚会的时候,我就会过去。我不想给他们增加负担。"

伊雷妮慢慢地、轻轻地抚摸着我的背。"我可爱的傻瓜。你想把一切做得无懈可击。"她温柔地，悲伤地重复了一遍，"我可爱的傻瓜。"

我又没懂她是什么意思。我开始哭起来，不知道是为什么，也不知道为什么这时候哭。我感到很狼狈，觉得自己很可笑，但又停不下来。我想念我的孩子们，不是想念现在在英国生活的他们，而是当年未成年的他们，是我错过了他们的青春期、学校里的矛盾冲突、嗜好、友谊、初恋和大学专业的选择。当年我到机场去接孩子们时，对他们而言这已经不再是回家，而只是回来度假，并且假期里他们常常也是直接去上语言班或者参加网球营。孩子们当时从未抱怨过，尽管如此，我现在还是觉得很对不起他们。我也觉得很对不起自己，我为自己哭，同时为他们、为我的太太哭，她一直是反对去英国的。我那时真的认为，这对孩子们来说是最好的选择吗？还是我把孩子们送走，给自己选择了一种简单舒适的生活？

"哭吧，"伊雷妮继续抚摸着我的背，"哭吧。一切都会变好的。"

我还是没懂她什么意思。但是我感受到她的安慰和关切，它与我的自责和自怜共同织成了一张毯子,我盖着它哭着睡着了。

15

"我想这是最后一次了,"伊雷妮第二天早晨说,"我还想走下台阶到海边去一次。"

我们往下走去,她一只手抓住扶手,另一只扶着我的肩膀,于是我也明白,这是最后一次了。每下一级台阶她都要停下来,为下一级积攒力气,迈出右脚。她总是先迈右脚,然后是左脚,跨到下一级台阶上,在这一级上休息,为下一步蓄力。她重重地喘着气,不能说话,只能时不时精疲力竭地,或满怀歉意地,或是带着苦笑地望着我:"我成了什么样子!"

我差点又流下了眼泪。我昨晚和今天都是怎么回事?从我和伊雷妮重逢之时起,我们就很清楚,我们只能短暂地拥有对方。但那是存在于外界的真实,并不存在于我们之间。我们之间发生了这么多,有了这么多的生活、这么多的期许。此刻,在走下台阶的漫长路途上,留给我们的短暂时间变成我们之间的真实,这让我无法承受。我总是觉得,我不需要依赖任何人去生存,因为我一个人也能生存下来,我是为了获得幸福才需要其他人的。但现在,我不知道没有伊雷妮我该怎么生存下去。没有她,我该如何换一个方式对待我的孩子,换一个方式进行我的工作、重建我的生活。没有她,我该如何入眠,如何醒来。

但是我没有哭,而是尝试着和伊雷妮一起慢慢地,一步一步地,一个台阶一个台阶地往下走,仿佛这是世界上最为普通的事情。然后她久久地停在一级台阶上,直到她能开口说话。"你说过,英国的一些律师事务所接管了德国的事务所。你为什么不和你的大女儿和二儿子在英国成立你那个事务所的分所呢?"我想到了孩子们与我之间的生疏。"不管怎么样,他们选择了你的职业啊。"

下了几级台阶后,她又站住了。"我的女儿——你得看看能不能跟她说我的事。我不希望你打乱她的生活。我希望你能对她有所帮助。如果你什么都不做对她更好,那就不要做什么。"

我们终于走完了所有台阶。"真好。"她说,双脚站在水里。一切如此美好,海水带着暖意,光滑的海面闪烁着,它如此清澈,能让人看见几米深的海底、鹅卵石、植物和鱼类;天空仍是早晨的澄蓝,没有蒸腾而起的雾气。伊雷妮靠在我的怀里,环望四周,休息。"我们能走到海湾尽头的那块岩石吗?"

但是还没走几步她就恶心呕吐,把刚刚吃的东西都吐出来了。我们休息了一下,坐到海边房子的屋檐下。"如果我们在学校就相遇了呢?"

"在小学吗?我还记得那座用红色沙石装饰的黄砖楼房,它被均分成两半,一边是女生教室,一边是男生的。学校的院子也跟教学楼一样分为两部分,大课间休息时,一到四年级的女孩和男孩分别跑成一个圈,两人一排,由高年级女生和男生负责,而他们又由一位老师监管着。不承担课间管理任务的高年级学生可以自由活动,他们会招惹我们,打我们,抢走我们的八字面包或苹果——对他们来说这就是游戏,不是为了吃面包和苹果,而是在于能不被逮着。

"我是个胆怯的孩子。我害怕学校,害怕老师和高年级学生,还有去学校的那条路,他们时不时地会在半途骚扰我,打我,抢我东西;我也怕迟到,这种情况经常发生,因为我虽然都准时出发,但途中会因为害怕学校而磨磨蹭蹭。在我的印象里,与学校有关的一切在很长时间内都是朦朦胧胧的,也不知道是怎么回事,不知道什么重要。

"直到有一天我在另一个跑步圈里认出了那个扎着两条辫子的金发女孩,她就是我有时候会在祖母派我去买东西的店里遇见的女孩，她也去那里买东西。她跟我一样拎着一个铝制的牛奶壶去，让那个男店员往壶里打牛奶，有时候是全脂的，有时候是低脂的；她也跟我一样会带张纸条，上面写着店里该往她的购物袋里装的东西。跟我不一样的是，她并不把钱包递给他，而是像一个大人那样付钱；她把舌尖伸到唇间，慢慢地从钱包里取出纸币和硬币，尽量给出合适的钱，并且同样仔细地数着找回的零钱。我们相互不说话。我本来就不敢说，在我不能也像大人一样付钱之前，当然就更不敢了。

"于是算术成了我第一门花工夫学的课目。我还记得自己第一次也能从钱包里找出合适的纸币和硬币来，并且细数找回的零钱时的情形。那女孩当时不在，过了好几个星期，我们才又同时采购东西，她看见我也能做她能做的事情了。她迅速地瞧了我一眼，仿佛是说'这一天总算来了'，她不再把舌尖伸到唇间，也许是因为我不这样做。我也不再给店员纸条了，而是把要买的东西念出来，她也跟着这么做。我们本来可以走同一条路回家的，大家都不需要绕路，只需要其中一个人选择跟通常不一样的路回家就行了。我那时候已经知道她住在哪里了。

"有时候，在放学回家的路上，我会远远地跟着她，我相信她不会发现的。直到有一天发生了一件对我而言早已是家常便饭的事。两个高年级男孩开始跟着她，接着走在她旁边，然后把她逼向篱笆一角。她反抗着，没有呼叫。我听到男孩的笑声，听到他们对她说'快啊''拿来'。我跑起来，使足力气冲上去，撞开其中一个，又用尽全力打另一个人的肚子。我拉住女孩的手就跑，转过最近的拐角，钻进一座花园，躲到一丛灌木后面。那两个男孩没有跟过来。

"过了一阵以后，我送她回家。我没有松开她的手，她也没有试图挣脱。我在她家门外问她，她怎么……"

"这是个真实的故事吗？"

"她不是金发，而是黑发，她不叫伊雷妮——我刚刚想这么称呼她来着，而是叫巴贝尔。有两三个星期的时间，我们手牵着手，一起放学回家，然后她就离开了，我把她给忘了，直到你问我学校的时候才想起来。假如你是她，你没有搬走，而是留下了……"我握住她的手。

"是的。"

16

我们一直走到了海湾尽头的岩石那儿。然后她不行了。

我把她抱到了楼梯处，又把她抱了上来，放到阳台的床上。时间还早，太阳照在床上，我撑开太阳伞，挪了一下位置。

"你闻到什么味道了吗？"

"没有。你闻到了什么？"

"火的味道。但可能我弄错了。"

我在房子里四处查看，检查煤气灶、煤气罐，和我们最近几天有时会点的蜡烛。我也查看了生活物品的余量，两三天后得开车再去那个地方了。我也很想存上一点吗啡，好在伊雷妮疼得厉害时使用。卡利可以弄来吗啡或是海洛因吗？

回到阳台时，伊雷妮睡着了。我坐在她身边，仔细观察她。梳到脑后、捋到颈间的头发，额头上的横纹，面颊上深深的皱纹，变薄了的嘴唇，圆而硬朗的下巴还有下颌和脖子上松垮的皮肤，让她看起来很严厉。我做了各种表情，但既没有发现哪一种表情会在面颊上留下沟痕，也没找到眼角细纹的来路——是面对世界的开怀大笑还是眯着眼睛的深恶痛绝？她的脸并不友善。然而我还是喜欢它，我想象着伊雷妮这一生中的欢乐、畏惧，以及深深的伤痕。

我越是长久地凝视这张脸，越是觉得自己理解它。眼睛周围的是快乐，也是畏惧；脸颊上既有坚硬，也有温柔；还有那薄唇，准备好了露出令人着迷的微笑。

她睁开了眼睛。"你干吗这么看着我？"

"我就是看看你。"

她不满意这个回答，微笑着摇摇头。

"我看着你时，会在你的脸上寻找我了解的东西，也在找我还不知道的，再将它们汇拢到一起。每一次我都更了解你一点。每一次我都更爱你一些。"

"我做梦了，梦见我坐火车旅游，先搭一辆快车，然后是一趟郊区短线，下车时我发现自己搞错了，但还是下了车，那里荒无人烟，十分破败，仿佛很久没有火车停过了。我穿过火车站来到车站外面的广场，那里也很荒芜，没有出租车，没有公交车，没有人。这时候我看见了卡尔和彼得，他们坐在自己的箱子上，是没有拉手和轮子的老式行李箱，像是等着别人来接。我向他们走去时，他们没有抬头，一动不动，让我感觉他们似乎早就死了，就这么坐在行李箱上死去。我吓坏了——但不是仿佛被一下击中，而是好像有什么冰冷的东西慢慢地从背后爬了上来。这时我醒了。"

"我不会释梦。我太太说过，梦是泡沫。不过，你们所说的世界、艺术和各种选项的终结——难道不就是在说身处于这样不再有火车开出的车站？你们难道不就是这样坐在你们的行李箱上死去吗？"他们两位刚走的时候我就想问她，但后来给忘了,"你真的相信你们说的那些东西吗?"

她向四周望望,我知道她想要直起身子,于是给她拿来了一个枕头。然后她坐了起来,用悲伤而温柔的目光看着我。我已渐渐懂得这种目光,它似乎想说,她一方面对我有一份柔情,一方面也很悲伤,因为我还不懂她希望我能懂的东西。"我可爱的傻瓜,"她说,"你度过了你的一生,就像那些骑士进行了他们的战斗,你也打过了你的仗,你和他们一样没有发现,这些已经沦为煞有介事的打闹,那个时代已经走到了尽头。我喜欢你如此热诚地接下一份又一份委托,忠实地做着一项接一项并购,并且相信这一切都很重要。这让我感动。也让我悲伤。"

我想要反驳。我想为自己做的事情辩护。解释并购和合并十分重要。我的战斗并非煞有介事的打闹,没有什么走到了尽头,一切都在继续,继续。

"你不要多想。人们谈论这个世界时,大多数情况下是在谈论他们自己。也许是我不能接受眼前的事实,我快到了终点,而世界却没有一起终结。来!"

我们互相拥抱着,都沉浸在自己的思绪中,同时也都想着对方。渐渐地,我的想法变得无趣,我也悲伤起来,因为我也感受到我们之间无法相互理解,也无法同感共情的那条界线。它不仅横亘在伊雷妮和我之间——从小就有一面玻璃拦着,让我无法真正触摸他人:我的太太、我的孩子们、我的朋友们。我总是独自一人。

我差点又要流泪——但我前一天晚上已经哭够了。不管怎样,我尽量让自己停驻在这个拥抱里,对任何闪过的其他感受、其他想法,都不去理会。这对我来说很不容易。

17

第二天早晨伊雷妮又闻到了火的味道。

"如果发生什么事情的话,卡利不是会来吗?我是不是该开车去梅勒德娜那儿?反正我们需要储备点东西。"

她摇头。"别离开。你说得对——如果有事,卡利会来的。"她一脸焦虑地看着我,"今天我可能又坚持不住了。我弱得不行——还从来没有这么弱。我生过一次病,那时候孩子们还在。体温不断上升,最后我躺到床上,庆幸什么都不必做,而是可以躺下来了。可以躺着是件美好的事。躺下,入睡,然后死去。给我讲讲什么吧。"

"我有两份关于母亲的回忆。战争刚结束,我父母马上带着我从北德搬到了南德,那次搬家之旅是在搬家卡车后面的挂车里度过的，前面有窗户，有椅子，就像大卡车有驾驶和副驾驶座椅一样，只不过没有方向盘和发动机。我坐在母亲怀里向窗外看——这便是其中一段记忆。另一段回忆是我母亲有一次和我一起在儿童游乐场玩。那个游乐场在一片空地后面——一九三八年之前那里是座犹太教堂，游乐场比较小，长长的，有树和几条长凳，还有一个沙坑。

"我记得那是个傍晚，天渐渐暗下来。母亲和我坐在沙坑里堆一座城堡。她带了一块木片，成功地把它放在塔的第一层上作为天花板，在那上面又搭起了第二层。她还带了一小桶水过去，水帮了大忙，但它依然算是个奇迹：在第一层，你可以透过门看见房间内部的样子，并从对面的窗户望出去。她干活时极其专注，完全沉浸于这一工程中，仿佛我全然不存在。但我还是超级开心。她和我一起，只和我一起，为我做一件事，只为我。她做完的时候，天已经黑了。路灯亮了，煤气灯发出柔和的光，我们就这样坐着，看着那座城堡。城堡的周围肯定有围墙，还有一两个别的建筑，但我主要记住的是那座两层塔楼，我看见了长发公主放下她的头发，让王子顺着它来到她身边。然后我一抬头，一个金发女孩站在我身旁，用她明亮的灰蓝色眼睛看着这座城堡，惊讶地笑着，嘴角微翘。她……"

"这是你现编出来的吧。"伊雷妮友好地责备道。

"是的。很奇特的是,我不知道这整段回忆是不是都是我编出来的。确实有那么个游乐场,但是为什么我想不起来母亲其他时候陪我一起玩过,无论是在家里还是在外面?为什么她会在某一天晚上做这件事?她不是一个特别手巧的人,也很没有耐心,太没有耐心了,不可能用沙土搭出来一座两层的塔。她有时候会给我读童话。我是不是给自己幻想出了一个童话?但是我记忆里的这件事不是幻想,而是真实的,一切都是如此真切地出现在我眼前:沙坑、穿着蓝色连衣裙的母亲、黄昏中的城堡,然后是黑暗中的城堡,以及后来路灯下的城堡。"

"你母亲去世时你几岁?"

"四岁。应该在那之后不久。"

"她去世的原因是?"

"她撞上了一棵树。"

伊雷妮看着我,似乎在等待我说下去。

"她的车开得很好。有时候她会带着我,我就在她旁边的副驾驶座上坐着或者站着,那时候还没有安全带和儿童座椅,我喜欢她开快车,觉得自己非常安全。"

伊雷妮继续等着我说下去。

"祖父母有一次说，那次是她喝了酒。她酗酒。但是他们一直反对这场婚姻，不喜欢我母亲，常说她的坏话。假如她真的酗酒，我是能闻出来的。孩子有这个嗅觉。"

伊雷妮握住我的手。她什么都不说，即便如此我也知道她在想什么。跟你太太一样，她想。我不喜欢这个想法，但她的眼皮变重了，我觉得她这么想着入睡要比我反驳她好些。她睡着了，我握着她的手，心里窝着火。

18

接着我也闻到了烟味，夹杂着一股桉树刺鼻的甜味，不重，但是很持久，很熏人。我站起来，向四周张望，却没看到烟和火。山峦、海湾、树木、灌木丛、码头、大海——一切如常。

突然间卡利站到了我身旁，比画着让我跟他走。我给伊雷妮写了张字条，说卡利来了，要给我看什么东西。我以为我们要开吉普，但是卡利示意不要。他步子很急，很轻盈，快步往山里走去，我吃力地跟着。我只认得吉普穿过海边山脉进入丘陵平原，也就是两个农场那一带的路。卡利带我从一条小路上山。我们越爬越高，脚下的海湾越来越小，蓝蓝的，就像《鲁滨孙漂流记》或者《金银岛》里的一幅插画。半小时后我们登上了山顶。

这里的视野很开阔,可以一直望到平原另一边的山脉。在还没发现火焰,以及山上那些橙红的斑块和线条之前,我看到了一团团黑烟蹿上明朗的天空。如果浓烟从一道着火的峡谷上空经过,便会发出橙红色的火光。如果山背后已经烈火熊熊,浓烟在翻越这座山的时候也会发亮,橙红色的火光昭示着大火即将抵达山顶,用一顶燃烧着火焰的王冠为其加冕。然后大火会从上往下吞噬这座山,等到山火蔓延至山下时,山上一切已经化为灰烬,只留下一点点火星和黑色灰烬,以及烧成焦炭的树林。

在目力所及的公路路段上,行进中的消防车警灯闪烁,上空跟着直升机。

"大火会烧到我们这里来吗?"

"平原很大。但是也很干燥,如果这火越过了公路……"卡利耸耸肩。

"那会怎样?"

"我不知道。就看风的情况了。目前有很多东西我们还闻不到,烟还不多——风还比较弱。但是如果风势加强了……"

"你在这儿碰上过大火吗?"

"没有,这里没有。但是再往北,在那边有过。火制造出风,风鼓动着火。"

"噢,上帝!"我看见山脚下有个地方在燃烧。那应该是我和梅勒德娜购物的地方?

卡利留在山顶,我回到了伊雷妮那里。她醒了。"我知道。山里着火了。梅勒德娜和她家人,还有那两个老人怎么办?"

"他们可以到我们这里来。而且公路上还有车辆来往,可以带他们走。"

"那牲口呢?"

我想其中一个孩子可以把家畜赶到我们这片海湾来,如果大火烧过来了,再把它们赶到水里。我已经能听到奶牛的哞哞声、猪的哼哼声和鸡的咕咕声。但是没有人来,两个农场的人没有来,牲口也没来。我不知道他们怎么了。

我并不担心我们。码头上停泊着那条船,我给它加满油,发动马达,它平稳又可靠地运作着。我搬了一张床垫到船里,在舵位前安置了一张床。我把所有能找到的毛巾和床单都堆到海边的房子里,以便在大火过来时把它们浸湿,保护房顶和屋檐及窗户的木头。我也把我们的生活必需品放到这个老房子里。如果大火来了,我们就开船出海,等待着,直到一切结束，之后估计就无法再去上面的房子了，但至少还能住进下面的房子。

下午晚些时候，烟雾飘到海湾的上空了。天上下起了很轻很细的灰烬雨，落到我们的皮肤上，钻进衣服的褶皱里，吹到我们的牙齿上，留下一种苦苦的味道。我找到了登上山顶的路，蹲在卡利身旁。在灰黄色的昏暗天空下，平原的边缘在燃烧，大火已经跳过了公路。森林烧得一片橙红，有时候好像有一只看不见的手伸进了大火，向前扔出一颗火苗，远远地点燃火线前方的一棵树或者一丛灌木，随后蔓延到周边的草地。

"大火什么时候会烧到这儿？"

风骤起，仿佛要回答我的问题似的。它让大火烧得更旺，推动着火焰向前，将黑烟吹鼓成一团巨大的黑云，长成一个有生命的、不断膨胀的、体内火花闪烁的庞大怪物。一个火球从浓烟的肚子里挣脱开来，像是被抛石机甩出来一样，画出一道大大的抛物线，落在我们前面那座小山的山脚，点燃了那里的树。烟雾和灰烬刮到我们的脸上，有时是一股桉树味儿，有时也会是一小团火星。

这风骤然刮起，也突然停下。大火不再像一个快速奔跑的人，俯身向前，而是直直立住，仿佛在等待指令。

"你可以离开这里。情况要是危险起来,我会想办法过来。如果我没来,大火又烧过了山,你们就上船出海。不要等我。如果去你们那儿的路断了,我会另找一条路。"

19

伊雷妮躺在那儿,跟我走的时候一样。我告诉她平原上的火势,提到了风和卡利。她听着,但眼皮耷拉着。"你能帮我洗个澡吗?"我搬来一张床垫,铺好床单,帮伊雷妮脱衣服,给她洗澡,穿好衣服,把她放到另一张床上。她在脱衣穿衣和换床的时候又亲近地将手臂搭在我的脖子上,这让我感到幸福。

"如果今天夜里大火越过山来,我们就到船上去。"

"我不去船上。"

这话实在是傻,我都不知道该说什么。"你想死在这座房子里吗?不是你想要死就能死的。时候到了你才会死。"

"如果这个房子着火了,时候就到了。我不会被烧死,而是被烟呛死。这是一种简单的死法。"她说,有些自怜,像孩子一般执拗,紧紧抓住阳台的栏杆,用力到指关节泛白,"我不愿去石头港,去悉尼,再去医院,住进一间白色的病房。

我要死在这里。"

我朝她弯下腰去,把她搂进怀里。"我不会让你在一间白色病房里死的。时候要是到了,你会在这儿死的。如果大火过来了,我们就到船上去,等火灭了,我们就住进老房子里,还能在一起一段时间。我们耽误了这么多日子,哪怕是一天也不能虚掷。"

"你答应我,让我死在这儿,无论发生什么……"

我答应了她,她松开阳台栏杆,在我怀里睡着了。黑烟翻过山来,漫过海湾,天黑了,尽管太阳还在天上挂着,但被浓烟遮住,变成一只暗淡的白色圆盘。接着我看见火焰越过一座山,便立即抱起伊雷妮,把她带到船上,浸湿老房子里的毛巾,铺到木头上。一阵强风从山里刮过来,呼啸着,吹乱刮弯树木,令上面的房子颤动,嘎吱作响,搅乱海面,激起层层巨浪撞击码头。空气里一股烟味和咸味。

大火迅速从山上涌下,并沿着树干烧到树梢。树木竖在那里犹如火把,然后倒下。有的树燃烧爆炸,将烧着的树皮甩向天空。我跑到船上,启动马达,还没驶出海湾,火风暴就发作起来,卷起火苗和灰烬在空中飞扬。山上的房子燃烧起来,橙红色的火勾勒出房子的轮廓,并从窗户里钻出,眨眼间,支撑房子的底柱燃烧起来,断裂,整座房子轰然崩塌。

大火蹿到海边的老房子上，烧过屋架，噼啪作响，窗户炸飞，房顶屋檐在一声巨响中塌陷。

大火环绕着海湾。我驶出海湾，驶向大海，逃离灼人的热气、燃烧的树皮块、火苗和灰烬。我不知道大火还要肆虐多久，一小时，抑或两小时。当红红的月亮升起，下面只剩下灰烬和橘黄色的火星时，我真是精疲力竭了。我躺到伊雷妮身边，整场大火期间她都没有醒过，这时依然没有醒来。当我向她伸出手臂时，她往我身上靠了靠，依偎进我的臂弯。我就这么入睡了。

20

我醒来时，已是大白天，太阳高挂，船在海湾前晃荡着。我站起身。山上的树木只剩下黑色的残骸，有的顶着燃尽的铁锈红树冠，有的变成了或粗或细的黑色图腾柱，还有的成了黑色焦木，倒在彼此身上。高处的房子成了一堆黑炭，下面的房子只剩几堵黑墙和几根黑柱，房顶和房檐已经塌落。

伊雷妮不见了。我一开始没意识到这件事，是因为我想象不出这种情况，随后没去注意则是因为我不想要面对。我身旁的床垫是空的，伊雷妮没在船的前头，也没在船舵后面，我叫她，却没人回答，也没见她从游着泳的那片海里现身招手回应。就好像她还能游泳似的。我开启发动机，把船靠上码头，迈上灰烬铺就的热地毯，跑到海边的房子，向房子里呼喊，越过海滩，朝山上跑。就好像她能在我睡着的时候，把船开到码头，靠岸，走上陆地，又把我和船送到海里似的。

我坐到椅子上，当初伊雷妮就是在这里叫醒我，和我打招呼的。身处于掉落的瓦片间，我不知道该如何忍受这种处境——她不在了。我再也看不见她的面孔，再也听不见她的声音，再也不能触摸她，再也不能握住她的手了。她早上醒来，看见老房子被毁了，对自己说，她现在要被送到石头港，送去悉尼，在白色病房里死去了。她不信任我。但是我又能怎么做呢？我怎么能不送她去医院呢？我们能一直住在船上，直到她死去吗？

她早晨醒来，挣扎着挪到船边，掉下水去。她在此之前有再吻我，抚摸我的头，对我说一句话吗？我会醒来吗？我理解她不想在一间白色病房里死去。但是我会日夜待在她身边，我们会彼此亲近，我们会彼此相爱。

你到处都可以找到比死要好的东西。伊雷妮能不知道这一点吗？你到处都可以找到它，不管是在澳大利亚某省的还是在悉尼的白色病房里。事情应该不是我想象的这样。她难受想吐，最近几天这种情况经常发生，她想去船边吐，失去了平衡，落入水里，因为过于衰弱而没能呼救，也游不了泳。

卡利来了，看见伊雷妮不在了，什么都不问，什么都不说，只是跑到沙滩上蹲下望向大海。从他蹲着的那块我看不见的地方，我是不是听到了低沉的呜咽声传来？我不知道时间过去了多久，我坐了多久，他蹲了多久，只听见不时有几声呜咽传到我这里。不知什么时候，我终于站起身，朝他那边望去，他不在了。

我向那只船走去，把床垫从船里拖到老房子的废墟里，在船上的船桨、钓鱼装备、水壶、管子、刷子和抹布之间找到了一根足够长的绳子，将舵盘牢牢捆住，好让船保持直线航行。我把衣服放在沙滩上，上船，启动，开走，直到我看见船确实朝向海湾的出口笔直地航行过去。然后我跳进水里，游了回来。

起初我打算把船沉了。就在我早晨醒来的地方，在我猜想是伊雷妮落海的地方。让这船成为棺材、墓碑或者陪葬，让这里成为哀悼和告别的地点。但后来我又觉得沉船让伊雷妮的死显得更为沉重。

于是我坐在长凳上，目送着那只船。船丈量着海湾平静的水面，抵达辽阔的大海，在那里的海上迎风舞动，始终保持着航线，继续向前。大海空空荡荡，没有货船，没有游艇，只有伊雷妮的那艘船，在午后的阳光下越来越小，越来越小。然后我就不知道是否真的看见它了，抑或只是我以为能看见它。海平面上那个小小的黑点——那是伊雷妮的船吗？

21

我望向那空旷的海面，数着我跟伊雷妮在一起的日子。我算出来是十四天——当天是星期二，而我是在一个星期二来的，我们在一起不止一周，但还没有到三周。我记起早先我的孩子们是何等的骄傲，因为他们能够数到十或者是一百了，而当他们领会到数字没有尽头，并进而发现无限的时候，他们变得谦卑了。

我会去寻找伊雷妮的女儿。我不知道该怎样让她得到伊雷妮母亲遗产的剩余部分。德国应该有家银行，或者有位律师与伊雷妮曾有过联系。我怎样才能把他们找出来？我怎样才能向他们证明这是伊雷妮最后的愿望？我很想好好考虑这个问题，但却做不到。我也无法思考该如何亲近我的孩子们。

像伊雷妮建议的那样,通过工作,提出和他们一起开一家事务所?或者慢慢地表现出对他们和他们孩子的更多兴趣,让我们之间慢慢地发展出一种新的关系?或者告诉他们我身上发生了什么事情?

尽管我思考不出个结果,却也不能不想。伊雷妮已死的念头,就像洪水,不断地冲垮我试图用思考建立的堤坝。没有她我该怎么生活?没有她,我该怎样用跟她学到的方式去生活?

我吃着大火前搬上船的苹果。我确信,接下来的几天会有从石头港过来的船到达,人们会来查看这儿的情况。我不会在这儿完蛋。但是我不断感到自己已经走到了尽头,甚至觉得这是对的。我不想继续我从前的生活。我曾期待过一种新的生活。我曾将它视为一个能跟她一起开展的生活。我不曾真的正视她将死去的事实。

天晚了,入夜了。我在老房子的废墟里给自己支了张床,同时找到了几枚硬币和我家的钥匙,还有我租的那辆车的钥匙。我的证件、信用卡和钱都被烧了,但我无所谓。我躺着,再次听见海浪拍打海滩的声音,浪潮退去时穿行沙石间的声响。我还从来没有这么近地在海滩边睡过觉,还从没听过这么响的浪声。空气中依然弥漫着烟味,风不断地将焦木的味道刮过来，有时候带着一股桉树味儿，有时则把灰烬和粉尘铺到我身上。这一回天刚刚透亮我就醒了，看着太阳从海里升起，一片通红，变成橘黄色，再呈黄色升向天空。

我往山上走去，戳了戳房子留下的一堆木炭，踢了踢被烧毁的吉普，然后站在一片黑色的死树干面前。这时候我看见在它们中间仍有生机尚存，有时是几根绿草，有时是几根灌木枝条。这场劫难粗莽地席卷了山林，呼啸着穿林而过，毁灭了一切大的物体，但未能摧毁那些微小生命。我一直爬到山顶。我眼前的群山、平原、远处的山峦——满目一片焦土。但是目力所及的细处，又可见小小绿色的踪迹。公路上车流不息。

然后海湾里驶进了一只船，我赶紧从山上跑下去。来的人不是马克，而是他爸爸。

"您一个人？"

"伊雷妮过世了。"

他点点头，仿佛他已预料到她的离世。接着他问："什么原因？"

"她病得很重，很孱弱，经常呕吐。大火过来时，我把她抱上了船，带着她开出海湾。我猜想，夜里她又要吐，到船边吐的时候落入水里。我无法做其他解释。我睡着了，第二天早上醒来她不见了。"

"您需要跟警长说一下。伊雷妮虽然不是合法待在这里的,但是大家都知道她在这儿,也许他们会有些问题要问。"他朝四周看看,望望我,微笑道:"您没有行李吗?"

我微笑回答:"没有。"

"我们开船吧。"

22

我租来的车就停在石头港,手套箱里有我的手机。里面有几十条留言。我听了最后几条:一位同事留下的一个问题,我不在家时帮忙照顾家里的保洁工留的信息,还有旅行社老板提醒我赶紧改签推迟航班的信息。我删掉了这几条消息,其他的也都删了。

我和警长谈了话,他记下了伊雷妮的死亡、我的名字及地址。他不认识伊雷妮,但是知道她,只是没插手。他想,时间会解决这个问题的。

我给那位一起准备企业兼并事务的澳大利亚同事打了个电话。他乐意借钱给我,并让石头港的房屋中介所马上给了我一些。悉尼的德国总领馆答应给我准备证件。没等到我交代，旅行社老板就及时改签了我的返程航班，并且再次推迟到后天。

我又一次住进来时曾住过的海边酒店，又一次坐到平台上，看夜幕降临。视野里有个快艇港口，耳畔有饭店营业的嘈杂，这里跟伊雷妮的海湾不一样。这让我悲伤。因为怕自己会流泪，我回到了房间。但我没有哭，这一次没有，其他很多次眼泪往上涌的时刻也没有。

在悉尼我仍然在那家酒店住下，就是去石头港之前住过的那家，住进了跟上次一样的房间，可以望见歌剧院、海湾、海湾尽头的那长陆地，还有更远处的大海。澳大利亚同事请我吃晚餐，我犯了个错误，谈到了伊雷妮。他心领神会地向我眨眨眼，并热切地聊起他年轻的女秘书，他俩几周以来打得火热。德国领事亲自接待了我，友好地问起我如何身陷火场和逃离大火的，并且给我开了临时证件。

我一直犹疑不决，不知道该不该去美术馆，看一看那幅画。有时我坠入一场梦，在那里一切从头开始，我走进美术馆，看见那幅画，认为自己撞见了过往，而实际上我正在与未来相遇。我渴望再一次见到伊雷妮。我不介意自己会流泪。但是我害怕那种悲伤，它有时候令人无法承受，并且我渴望看到的那个从楼梯上朝我走下来的女人，是上了年纪的伊雷妮，而不是年轻的她。于是我决定不去美术馆，然而后来还是去了，我没见着那幅画，并被告知画正在去纽约的途中。

我没有将我的行程告知任何人。没有车来接我，没有司机会跟我讲在法兰克福发生了什么，事务所的办公桌上不会出现花束。出租车把我放下，我打开房门，像一个陌生人一样穿过我的房子。是的，这些家具是我和太太一起置办的，这些画是我们在法兰克福一位朋友的画廊里挑选的，这三件木雕圣像是我们在布宜诺斯艾利斯找到的。这几个房间仍是孩子们回来时的卧室，但所有对他们来说重要的东西都被他们带走了。这是我们的、我的卧室，之前我只是把我太太的衣服从衣柜里拿了出来，其余没有任何变动。保洁工把我的睡袍放在了床上，一般旅行回来后，我都会在收拾完行李、沐浴之后，穿着睡袍阅读我出门期间积累的信。有很多封信，我一眼就看见那张堆得满满的桌子。

我第二天才会去律所。今天我要去墓地跟我的太太说说话。我想向她道歉。同时我想告别，向她解释，我为什么不能继续在我们的房子里与我们的物品一起生活了。我要告诉她伊雷妮的事。我要给孩子们打电话。我准备跟卡尔兴格和其他合伙人谈话。他们的很多问题我都会回答不上来。但是这又有什么关系。

说明

伊雷妮这幅在楼梯上的画作可能会令一些读者联想到格哈德·里希特的《爱玛，楼梯间的裸女》。印有里希特那幅画的明信片多年来也确实与其他明信片和摄影作品交错着被放在我的书桌上。尽管如此，格哈德·里希特和画伊雷妮的画家毫无共同之处，卡尔·施温德是虚构出来的。

本哈德·施林克

图书在版编目（CIP）数据

楼梯上的女人 /（德）本哈德·施林克著；印芝虹译. —— 海口：南海出版公司，2024.1
ISBN 978-7-5735-0603-0

Ⅰ.①楼… Ⅱ.①本… ②印… Ⅲ.①长篇小说－德国－现代 Ⅳ.①I516.45

中国国家版本馆CIP数据核字（2023）第239266号

著作权合同登记号　图字：30-2023-101

Die Frau auf der Treppe by Bernhard Schlink
Copyright © 2014 by Diogenes Verlag AG Zurich
Simplified Chinese translation copyright © 2024, Thinkingdom Media Group Ltd.
This simplified Chinese version of Die Frau auf der Treppe is an edited version of the original German version.
All rights reserved.

楼梯上的女人
〔德〕本哈德·施林克 著
印芝虹 译

出　　版	南海出版公司　（0898）66568511	
	海口市海秀中路51号星华大厦五楼　　邮编 570206	
发　　行	新经典发行有限公司	
	电话（010）68423599　邮箱 editor@readinglife.com	
经　　销	新华书店	
责任编辑	侯明明	
特邀编辑	肖思棋　袁　悦　白　雪	
营销编辑	张丁文　刘治禹	
装帧设计	韩　笑	
内文制作	贾一帆	
印　　刷	河北鹏润印刷有限公司	
开　　本	850毫米×1092毫米　1/32	
印　　张	7	
字　　数	112千	
版　　次	2024年1月第1版	
印　　次	2024年1月第1次印刷	
书　　号	ISBN 978-7-5735-0603-0	
定　　价	49.00元	

版权所有，侵权必究
如有印装质量问题，请发邮件至 zhiliang@readinglife.com